Sugar
SECRETS

Sugar SECRETS

Freiheit hat ihren Preis

Mel Sparke

Übersetzung aus dem Englischen
von Brigitta Merschmann

Großes Extra: Der Top-Test
Sehnst du dich nach Freiheit?

Arena

Der Titel der englischen Originalausgabe lautet
»Sugar Secrets . . . & Freedom« und ist bei
HarperCollins Publishers Ltd. London, erschienen.

Published by arrangement with HarperCollins Publishers Ltd.

In neuer Rechtschreibung

1. Auflage 2000

Übersetzung: Brigitta Merschmann
Gesamtherstellung: Westermann Druck Zwickau GmbH
ISBN 3-401-05077-X

1. Kapitel

Wer braucht schon Eltern?

Maya Joshi fasste in ihr langes dunkelbraunes, fast schwarzes Haar, drehte es zu einem lockeren Knoten und steckte es mit einer Schmetterlingsspange fest. Dabei schaute sie aus dem Fenster und nahm rings um sich nichts mehr wahr – nicht einmal ihre Familie, die sich zum Essen am Tisch versammelt hatte. Träge sah sie zu, wie die goldene Abendsonne die blassgrünen Blätter des Falschen Jasmins mit weichen Lichtflecken sprenkelte.

Dann schloss sie die Augen und atmete den süßen Duft des Geißblatts ein, der sich neben dem Haus an einem Laubengang emporrankte.

Maya liebte den Sommer. Faule Tage, so wie heute, an denen sie mit Sonja, Kitty und den anderen im Park abhing, sich sonnte, herumalberte, lachte. Sommer: lange Tage, warme Abende, keine Hausaufgaben, keine Schule, kein Druck – nur Freiheit.

Die Augen immer noch geschlossen, spürte Maya plötzlich, wie ihr halb kitzelnd, halb angenehm etwas Weiches über den Fußknöchel strich. Sie wusste sogleich, wer dafür verantwortlich war: Thommy. Er musste vom Garten hereingeschlüpft sein, ohne dass es jemand bemerkt hatte – ihren El-

tern würde es ganz und gar nicht gefallen, wenn sie wüssten, dass er sich in der Küche aufhielt.
Maya schaute auf ihren Teller hinunter, nahm geschickt mit dem kleinen Finger ein wenig Butter von ihrem Brot und hielt die Hand unter den Tisch. Eine raue Zunge leckte ihn ab, während die Burmakatze anmutig den Schwanz um ihre Wade schlang.
Dummerweise war Thommy jetzt erst richtig auf den Geschmack gekommen.
»Aaaaargh!«, schrie er laut.
»Maya! Wie oft haben wir dir schon gesagt, dass wir die Katze beim Essen nicht in der Küche haben wollen?«, fragte ihre Mutter und blickte sie streng über den Tisch hinweg an. »Und spiel bei Tisch bitte nicht mit deinem Haar herum.«
»Aber ich bin nicht – ich hab Thommy nicht reingelassen!«, protestierte Maya. Sie hasste es, wenn man ihr etwas vorwarf, das sie gar nicht getan hatte. »Er muss –«
»Maya, hör bitte auf deine Mutter und bring die Katze raus!«, unterbrach ihr Vater in einem Ton, der so viel sagte wie »Ende der Diskussion«. Derselbe Ton, der erwachsene Patienten in Dr. Sanjay Joshis Praxis in ängstliche Kleinkinder verwandelte.
Auf der anderen Seite des Tisches bückte sich ihr kleiner Bruder Benny, um zu dem unwillkommenen Gast hinunterzuschauen. Sunny trug eine harmlose Miene zur Schau, als sie selbstgefällig zusah, wie ihre große Schwester aufstand und den widerstrebenden Kater aus dem Zimmer scheuchte.
Sanft schob Maya ihn am Hinterteil durch den Türspalt, aber Thommy vollführte seinen Spezialtrick und verwandel-

te sich in eine Origamikatze. Er fuhr herum, starrte zu seinem Liebling hinauf und verlieh seiner Empörung Ausdruck.

»Aaaaargh! Iiii-aaargh!«

Maya grinste unwillkürlich – Thommy hörte sich so gar nicht wie eine Miezekatze an. Von ihm konnte man kein niedliches Schnurren und Maunzen erwarten. »Es ist so, als ob jemand mit dem Nagel über eine Tafel kratzt«, hatte Sonja Harvey einmal erklärt und das war die beste Beschreibung, die Maya zu Thommys Gekreische gehört hatte.

»Nun mach schon, beeil dich!«, ertönte die ungeduldige Stimme ihres Vaters hinter ihr und Mayas Lächeln verschwand. Entschlossen beförderte sie Thommy in die Diele, zog hinter ihm die Tür zu und nahm ihren Platz am Esstisch wieder ein.

»Also, was steht diese Woche bei euch dreien auf dem Programm?«, fragte ihre Mutter fröhlich und schaute nacheinander ihre Kinder an.

Es geht los, dachte Maya seufzend. Das Sonntagabend-Verhör. Sogar in den Ferien müssen wir uns diesem Ritual unterziehen.

Während des Schuljahrs war das Abendessen am Sonntag der Fixpunkt, an dem die drei jüngeren Mitglieder der Familie Joshi mit ihren Eltern über den Schulstoff, die Hausaufgaben, Projekte oder Tests diskutierten, die in den nächsten Tagen anstanden. Sanjay und Nina Joshi glaubten fest an den Nutzen von Diskussionen – aber nur, so schien es Maya, wenn es um die schulischen Belange ihrer Kinder ging – besonders um die Frage, wie man überdurchschnittliche Leistungen erzielte.

Abgesehen von der Schule, über die ihre Eltern auf dem Laufenden gehalten werden wollten, war dies auch der Moment, in dem die drei Kinder ihre Pläne zur Freizeitgestaltung ansprechen konnten, – um die elterliche Zustimmung einzuholen. Oder um eventuell eine Abfuhr zu kassieren.

»Am Samstag muss ich zu einer außerplanmäßigen Probe fürs Sommertheater. Das hast du doch nicht vergessen, Mami?«, fragte Sunny so zuckersüß, dass Maya Zahnschmerzen bekam. Beide Eltern lächelten ihrer dreizehnjährigen Tochter nachsichtig zu.

»Nein, natürlich nicht«, sagte Nina Joshi. »Aber was ist mit deinem Kunstprojekt, Sunita? Du lässt dich von der Theateraufführung doch nicht zu sehr ablenken, oder?«

»Nein, auf keinen Fall, Mami – ich bin fast fertig damit!«, zirpte Sunny.

Du wärst längst noch nicht so weit, wenn ich dir nicht geholfen hätte – ohne den geringsten Dank zu bekommen, dachte Maya finster. Aber genieße es nur, solange du kannst, Sunny. Wenn du erst die Fächer für das nächste Jahr auswählen musst, werden Mama und Papa dir nicht mehr erlauben solche interessanten Dinge wie Theater und Kunst zu belegen.

»Mama, am Samstag findet Calums Geburstagsparty statt!«, meldete sich Benny zu Wort, die großen braunen Augen vor Aufregung geweitet.

»Ja, richtig.« Seine Mutter lächelte. »Deine Schwester kann nächste Woche ein Geschenk mit dir besorgen und dich am Samstag hinbringen. Einverstanden, Maya?«

Maya war keineswegs einverstanden, aber es hatte keinen Sinn, sich zu sträuben. Ihre Eltern hatten die Einstellung, dass alle Familienmitglieder einander helfen sollten. Doch als die Älteste der drei hatte Maya sich ständig um ihre Geschwister zu kümmern, ohne dass sie etwas dafür zurückbekam. Es sei denn, man zählte, dass sie unablässig zum Lernen angehalten wurde – auf Kosten ihrer Freizeit und allem, was auch nur im Entferntesten Spaß machte. Anscheinend zeigten ihre Eltern auf diese Weise ihre Zuneigung.

»Maya?« Ihr Vater blickte sie scharf an. »Hast du gehört, was deine Mutter gesagt hat?«

»Ja, natürlich – alles klar.« Sie nickte und lächelte ihrem niedlichen kleinen Bruder zu. Er grinste ebenfalls und zeigte dabei seine zwei neuen breiten Vorderzähne.

Es überraschte Maya jedes Mal, wenn sie kleine Anzeichen dafür sah, dass er allmählich groß wurde – für sie würde der siebenjährige Benny immer ihr verschmuster kleiner Bruder bleiben. Ganz anders als Sunny, die immer schon viel schlauer gewirkt hatte, als es ihrem Alter entsprach, und die ganz genau wusste, wie sie ihren Kopf durchsetzen konnte.

Eigentlich hatte Maya den Samstagnachmittag freihalten wollen, aus dem eher lächerlichen Grund, dass sie sich einen neuen Schlafanzug besorgen wollte. Sonja gab am Samstag eine Pyjamaparty – nicht etwa einen normalen Abend für die Mädchen, sondern eine richtig alberne Party, auf der sie bis morgens früh herumblödeln und kichern würden.

Für Sonja, Kitty und Sabrina war es eine Übung in Nostalgie – sie hatten früher jede Menge solcher Pyjamapartys zusammen gefeiert. Aber für Maya war all das neu. Nicht nur, weil sie die anderen erst etwa eineinhalb Jahre kannte, sondern weil ihre Eltern es nicht gern gesehen hatten, dass sie über Nacht bei einer Freundin blieb, als sie noch jünger war. Jetzt,

da sie sechzehn war, konnten sie kaum noch Einwände dagegen geltend machen. Allerdings stand Maya immer noch vor dem Problem, was sie anziehen sollte.
Ob ihr langes Baumwollnachthemd zu spießig aussah? Würden die anderen coole, hübsche Pyjamas tragen oder war das auch schon out? Vielleicht sollte sie einfach in Leggings und einem alten T-Shirt aufkreuzen.
Maya wusste, dass Sabrina und Sonja sie auslachen würden, wenn sie ahnten, dass sie sich über etwas derart Unwichtiges Sorgen machte. Deshalb hatte sie auch Kitty gebeten am Samstagnachmittag mit ihr einkaufen zu gehen. Vorher ging es nicht, weil Kitty an den Wochentagen in einer Apotheke jobbte.
Aber Maya konnte sich darauf verlassen, dass Kitty sie nicht aufziehen und Verständnis für ihre Hemmungen haben würde. Maja hasste nichts mehr als ständig die Außenseiterin zu sein. Dennoch fühlte sie sich oft so, häufiger als die anderen es ahnten – sogar ihre besten Freunde.
Die Frage, was sie zu der Pyjamaparty anziehen sollte, war nicht das Einzige, was ihr zu schaffen machte. Als Maya gestern mit Mark und Chris im Happy-End-Café gewesen war, hatte Ollie ihnen von einer Indie-Nacht erzählt, die am Freitag im Bell steigen sollte. Alle in der Clique brannten darauf, dorthin zu gehen. Aber die anderen hatten ja auch nicht Eltern wie Maya . . .
Das ist doch lächerlich, dachte Maya und rutschte auf ihrem Stuhl herum. Ich bin sechzehn Jahre alt. Ich zerbreche mir den Kopf darüber, was für einen Pyjama ich anziehen soll, und ich habe Angst meine Eltern zu fragen, ob ich mit meinen Freunden ausgehen kann.

»Sonja und die anderen gehen am Freitagabend in einen Klub und ich würde gerne mitgehen«, platzte sie plötzlich heraus, bevor sie sich weiter in ihre Sorge hineinsteigern konnte.
»In einen Klub? Welchen denn genau?«, fragte ihr Vater. Die Hand, mit der er die Gabel zum Mund führte, erstarrte.
»Ins Bell«, erwiderte sie und hoffte, dass ihre Eltern nicht durchschauen würden, was sie meinte.
»Das Bell . . .«, überlegte ihr Vater laut. »Was – du meinst diese Kneipe in der Hauptstraße?«
»Es ist – es ist eher ein Klub als eine Kneipe«, improvisierte Maya, die wusste, dass ihre Chance, mitgehen zu dürfen, von dürftig auf null gesunken war.
»Oh nein, junge Dame. Du weißt genau, dass du zu jung für so was bist und ich es nicht gerne sehe, wenn meine Tochter sich in solchen Lokalen herumtreibt!«
»Aber du weißt doch, dass ich keinen Alkohol trinke!«, bestürmte Maya ihren Vater. »Ich will nur wegen der Musik hingehen und um mit meinen Freunden zusammen zu sein –«
»Jetzt lass es gut sein, Maya«, sagte ihre Mutter, um sie zu beschwichtigen. »Abgesehen davon gehst du doch schon am Samstag aus.«
Wie jedes Mal, wenn sie mit ihren Eltern diskutierte, schluckte Maya ihren Protest hinunter. Sie starrte auf ihren Teller, heiße Wut brannte in ihrem Innern. Wie konnte ihre Mutter den Abend bei Sonja nur als Ausgehen betrachten? Und warum konnten die beiden ihr nicht ausnahmsweise einmal vertrauen, wenn sie sagte, dass sie keinen Alkohol anrühren würde?
Zu der Empörung kam hinzu, dass sie Sunnys süffisantes Lächeln wenn auch nicht sehen, so doch spüren konnte.

»Was macht ihr denn diese Woche im Mathekurs, Maya?«, fragte ihre Mutter und schnitt damit ein Thema an, das auch nicht gerade dazu angetan war, die Laune ihrer ältesten Tochter zu heben.
»Ich hab keine Ahnung«, sagte Maya ausdruckslos.
Sommerferien gleich Freiheit? Soll das ein Witz sein?, dachte sie verzagt.
Ihre Eltern hatten Sunny in einer ganztägigen Sommerschule angemeldet und Maya für einen Mathekurs eingeschrieben, der einmal pro Woche stattfand und wo man sogar Hausaufgaben aufbekam. Benny war mit einem blauen Auge davongekommen, was Maya vor zusätzliche Probleme stellte: Sein halbtägiger Ferienklub bedeutete für sie, oft halbe Tage den Babysitter zu spielen.
Maya spürte Ärger in sich aufwallen. Mit den Regeln und Vorschriften kam sie zurecht. Mit dem blöden Mathekurs und dem unbezahlten Kinderhüten wurde sie auch noch so eben fertig. Aber dass niemand kapieren wollte, dass sie sechzehn war und in der Lage, über ihr Leben selbst zu bestimmen. . .
Mir ist, als müsste ich ersticken!
Maya starrte wie gebannt auf ihren Teller, als sie mit den Tränen kämpfte, die ihr in den Augen brannten.
Es muss sich etwas – irgendetwas ändern! Und das bald . . .
Außer Besteckklappern brach nur ein Geräusch die peinliche Stille, die sich am Esstisch ausbreitete.
»Aaaargh!«, ertönte ein gedämpfter Aufschrei jenseits der Küchentür.

Zehn Minuten Fußweg entfernt, in einem Haus auf der anderen Seite des Parks, schob Chris Winter die Erbsen auf seinem Teller hin und her. Er hatte keine Lust zu essen und er hatte auch keine Lust sich anzuhören, was seine Mutter zu sagen hatte.

»Chris, Liebes? Was meinst du?«

»Ich glaube nicht, dass ich das tun will«, antwortete er mit zusammengebissenen Zähnen.

»Aber Chris, du hast ihn schon so lange nicht mehr gesehen . . .«

»Hör mal, ich bin sechzehn, Mama. Die Aussicht, das Wochenende bei meinem Papa und seiner Freundin zu verbringen, reißt mich nicht gerade vom Hocker. Verstehst du, was ich meine?«

»Ja, aber – er ist dein Vater, Chris . . .« Automatisch streckte Susie Winter die Hand aus und schob ihrem Sohn das wirre braune Haar aus dem Gesicht.

»Mama!« Gereizt stieß Chris ihre Hand weg.

Sie blickte ihn bedauernd an. »Tut mir Leid, Schatz.«

Chris' Nasenflügel bebten, doch es gelang ihm, sich zu beherrschen. Schließlich war es im Grunde nicht das Streicheln oder das »Schatz«-Gerede, das ihm derart auf die Nerven fiel (obgleich er beides, wie das überbehütende Verhalten seiner Mutter insgesamt, nicht ausstehen konnte). Vielmehr war es der Gedanke zu seinem Vater zitiert zu werden – und die Tatsache, dass seine Mama offenbar wollte, dass er zu Kreuze kroch.

Er holte tief Luft, um sich zu beruhigen, bevor er fortfuhr. »Mama, warum liegt dir so viel daran, dass ich ihn besuche? Du bist doch auch nicht besonders gut auf ihn zu sprechen.«

»Ich weiß, Liebes.« Seine Mutter nickte und tätschelte seine

Hand. »Es ist bloß schon so viel Zeit verstrichen seit deinem letzten Besuch und er soll nicht denken, dass ich . . . dich davon abhalte, ihn zu sehen.«

»Ach, um Himmels willen, Mama! Ich bin doch kein Dreijähriger, den man seinem Vater entfremden kann! Ich bin ja wohl alt genug, um selbst zu entscheiden, ob ich meinen Vater sehen will oder nicht!«

»Ja, ich weiß, Liebling, aber dein Papa sieht das vielleicht anders . . .«

Chris bemerkte erschrocken, dass seine Mutter gleich in Tränen ausbrechen würde.

Oh nein, nicht das, dachte er seufzend.

»Schon gut, schon gut«, sagte er und hob zum Zeichen der Kapitulation die Hände. »Ich tu's.«

Obwohl ich weiß, dass ich ihn viel lieber aus meinem Leben streichen würde, nach allem, was er Mama angetan hat, dachte Chris bitter. Am liebsten würde ich meinem blöden Vater nie mehr unter die Augen treten.

2. Kapitel

Trautes Heim

»Hört sich an, als wäre dein Sonntag genauso ein Reinfall gewesen wie meiner.« Maya seufzte. Sie saß mit der Clique rings um einen Tisch im Happy End.

»Ja?«, fragte Chris. »Was ist denn passiert?«

Chris war begierig die Klagen eines anderen zu hören – dadurch relativierten sich ihm seine eigenen Probleme. Er hatte seinen Freunden gerade vom vergangenen Abend erzählt, mit dem es noch weiter bergab gegangen war, nachdem er sich zu dem Besuch bei seinem Vater bereit erklärt hatte.

Seine Mutter hatte ihn genötigt, sofort anzurufen, was schon schlimm genug war. Aber nachdem sie ein paar Floskeln ausgetauscht und technische Fragen geklärt hatten, war sein Papa auf die unrühmliche Idee verfallen ihm Barbara zu geben. Höfliche Konversation mit der Frau zu treiben, mit der der eigene Vater durchgebrannt war, gehörte nicht unbedingt zu den angenehmsten Aufgaben der Welt.

Ein plötzlicher Schlag auf seinen Arm holte Chris auf die Erde zurück.

»Worüber redet ihr denn da? Du jammerst doch nicht immer noch über deinen Papa, oder, Chris?«, fragte Ollie

Stanton scherzhaft. Er zog sich einen Stuhl von einem anderen Tisch heran und setzte sich zu seinen Freunden in die Nische am Fenster.
Er wusste, wie kompliziert Chris' Verhältnis zu seinem Vater war, und obgleich es ihn freute, dass Chris vor anderen offen darüber sprach, hatte er auch das Gefühl, dass ein wenig Humor zur Entspannung angebracht sein könnte.
»Und was machst du, Ollie?«, zog Sonja ihn auf. »Legst du wieder mal ´ne Pause ein?«
»Na, außer euch ist doch kaum einer da.« Lächelnd schaute er sich im Café um. »Und die lieben Kollegen können mich bestimmt ein paar Minuten entbehren.«
»Hey!«, rief Anna, die hinter dem Tresen stand, und zielte mit einem zusammengeknüllten Geschirrtuch auf seinen Kopf.
Mark streckte sich und fing das flatternde Tuch, bevor es direkt in Sabrina Palmers perfekt geschminktem Gesicht landen konnte.
»Entschuldige, Sabrina!«, sagte Anna. »Eigentlich war der faule Zwerg da mit der Schürze gemeint, aber der hat sich schnell geduckt.«
»Keine Sorge, Anna – wenn du willst, gebe ich ihm für dich einen Tritt«, erwiderte Sabrina munter. »Falls du einverstanden bist, Kitty.«
Kitty zuckte die Achseln. »Tu dir keinen Zwang an. Er ist ohnehin ein miserabler Freund.«
»Wieso bin ich denn ein miserabler Freund?« Ollie blinzelte unschuldig.
»Weil du uns alle auf die Indie-Nacht am Freitag im Bell heiß gemacht hast und dann hast du dich im Datum geirrt!«,

sagte sie streng, verdarb die Wirkung jedoch, weil sie lächeln musste.
»Wie bitte?«, riefen Sonja und Mark im Chor.
»Schon gut, ich bekenne mich schuldig – sie findet erst in einem Monat statt. Pech!« Ollie zuckte die Achseln.
»Heißt das, ich habe gestern Abend für nichts und wieder nichts mit meinen Eltern Zoff gekriegt?«
Alle drehten sich zu Maya um. Jetzt erst fiel ihnen auf, dass ihre gewohnte Gelassenheit sich in Luft aufgelöst hatte. Stattdessen wirkte sie angespannt und schob ihren glänzend dunkelbraunen Haarvorhang viel aufgeregter als sonst hinter ihre Ohren.
»Wo brennt's denn? Was war gestern Abend los?«, fragte Chris, dem einfiel, dass er diese Frage bereits gestellt, jedoch keine Antwort erhalten hatte.
»Ach, nur das Übliche«, sagte Maya unglücklich. »Bloß nein, du kannst dies nicht tun; nein, du kannst jenes nicht tun; nein, man kann dir nicht trauen. So was in der Art.«
Die anderen schwiegen kurz: Die Einzige, von der niemand erwartet hätte, dass sie die Fassung verlor, war Maya und doch stand sie am Rande . . . ja, wovon?
»Aber wie kommt das plötzlich, Maya?«, erkundigte sich Sabrina und forschte im Gesicht ihrer Freundin. Ihr war bewusst, dass sie Maya nie ganz verstanden hatte – schließlich brauchte Sabrina den Löwenanteil ihrer Zeit dazu, an sich zu denken –, aber ihre Freundin in diesem Zustand zu sehen war ihr unheimlich. »Wir wissen zwar alle, dass deine Eltern wollen, dass du immer nur büffelst und so, aber sonst verstehst du dich doch ziemlich gut mit ihnen, oder?«
»Oh ja«, erwiderte Maya sarkastisch. »Ich verstehe mich

gut mit ihnen, solange ich Spitzennoten mit nach Hause bringe, mich um meinen Bruder und meine Schwester kümmere, tue, was man mir sagt – und kein eigenes Leben führe!«

Erneut waren alle völlig baff. Maya flippte niemals aus. Maya hatte nie Probleme. Sie war diejenige, die alles mit Vernunft anging; die logisch dachte, mit Gelassenheit reagierte und alles von zwei Seiten sah, während Sabrina, Sonja, Chris, Kitty, Mark und Ollie Mist bauten, gestresst waren oder genau das Falsche sagten.

Maya war unangreifbar und unerschütterlich – sie war der Fels in der Brandung. Jetzt jedoch zeigte sich, dass auch sie völlig außer sich geraten konnte, und das brachte die anderen aus dem Konzept.

»Aber ich dachte, du stehst darauf, so viel Wissen anzusammeln«, sagte Sonja lahm.

Maya verdrehte die Augen. »Wenn jemand intelligent ist, heißt das noch lange nicht, dass ihm alles Spaß macht, was er tut.«

Hätte jemand anders so etwas gesagt, dann hätte es vielleicht arrogant geklungen, aber sie wussten alle, was Maya meinte. In jedem einzelnen Fach gehörte sie zu den besten Schülern und niemand konnte leugnen, dass sie Köpfchen hatte.

»Na schön, dann sind deine Eltern eben ziemlich streng und so«, fuhr Sonja fort, die zu verstehen versuchte, was los war. »Aber sie halten dich ja nicht davon ab, mit uns rauszugehen, oder?«

Kaum hatte sie ausgesprochen, fiel allen ein, dass dies nicht ganz zutraf. Es hatte viele Gelegenheiten gegeben, zu denen Maya sich aus einer geplanten Unternehmung hatte ausklinken müssen, und niemand hatte sie um eine Erklärung gebeten. Ohne dass es ausgesprochen werden musste, wussten alle, dass Maya, wenn sie Nein sagte, auch Nein meinte, und dass es nicht unbedingt ihre eigene Entscheidung war.

»Aber sogar in der Unterrichtszeit bist du nach der Schule meistens hier mit uns zusammen«, warf Kitty ein, um etwas Positives zu sagen.

Maya lachte auf. »Ja, aber nur deshalb, weil meine Eltern glauben, dass ich zu Hause bin und lerne. Bis Mama aus der Stadt kommt und Papa seine Praxis zumacht, ist es fast sieben Uhr. Dann sitze ich längst in meinem Zimmer und lerne fleißig wie die Bilderbuchtochter, die sie sich vorstellen.«

»Und die Abende, an denen wir alle zusammen was machen?«, fragte Chris, den der Gedanke, dass Maya schwindelte, verblüffte. »Was sagst du ihnen denn dann?«

»Oh, ich versuche mich schon an die Wahrheit zu halten – gewöhnlich erzähle ich ihnen nur nicht die ganze Wahrheit«, erwiderte sie und senkte den Blick. »Wenn ich mir mit euch zusammen neue Bands ansehe, dann behaupte ich zum Beispiel, dass ich in ein Konzert gehe. Und das geht in Ordnung, solange sie nicht wissen, dass es in einer Kneipe oder einem Klub mit angeschlossener Bar stattfindet.«

»Und meine Partys? Du kommst meistens auch«, sagte Mark.

Seine Partys waren legendär: Ein Hobbykeller mit einer irren Musikanlage, ein Kühlschrank, randvoll mit Pizza und Bier – über Gästemangel konnte Mark sich nicht beklagen.

»Sie haben deinen Papa zwar nie kennen gelernt, aber sie

wissen, wer er ist«, bemerkte Maya. Marks Vater war nicht nur ein sehr einflussreicher, sondern auch sehr reicher Bauunternehmer. »Dadurch erscheinst du ihnen in einem respektablen Licht.«

Sabrina prustete los. »Unser Herr Frauenheld? Respektabel? Wer soll dir das denn glauben?«

Mark warf ihr einen bitterbösen Blick zu. Das Letzte, was er gebrauchen konnte, waren Sabrinas bissige Kommentare.

»Na ja, und außerdem . . .« Maya zögerte. »Sie glauben, dass du erst sechzehn bist.«

»Wie bitte?«, platzte Mark eine Spur beleidigt heraus.

»Überdies glauben sie, dass du noch nach Bartdale's gehst.«

»Aber da bin ich schon seit einem Jahr nicht mehr!«, protestierte Mark, dem bei der Erinnerung an die Privatschule schauderte. In dem Internat hatte er viel länger gelebt, als er im Nachhinein begreifen konnte.

»Ja, aber wenn ich ihnen sagen würde, dass du ein achtzehnjähriger arbeitsloser Möchtegern-DJ bist, der auf Kosten seines Vaters zu Hause abhängt und wann immer er kann wilde Partys schmeißt – meinst du, dann würden sie mich noch einen Fuß in deine Einfahrt, geschweige denn in dein Haus setzen lassen?«

»Hm, vermutlich nicht«, sagte Mark, dem von Mayas wenig schmeichelhafter Beschreibung der Kopf schwirrte.

»Autsch!«, sagte Ollie leise, als er sah, wie Mark unter Mayas Blick immer kleiner wurde.

Mark rühmte sich damit, ein Experte in aktueller Dance-Musik zu sein, die neuesten Klamottenstile zu kennen und von der Hälfte der Mädchen in Winstead angehimmelt zu werden – nein, besser noch, von der ganzen Grafschaft. Zu hören, wie Maya ihn als eine Art Schnorrer darstellte, verschlug ihm den Atem.

Aber so war Maya nun mal. Kitty war einfach ein Schatz, Sonja ein guter Kumpel und Sabrina – nun ja, Sabrina war ein völlig anderer Fall. Maya jedoch konnte ihn mit einer ihrer ultra direkten Bemerkungen problemlos vernichten.

»Ich bin all das einfach leid«, verkündete Maya, schloss die Augen und rieb sich die Stirn. Das Bild, wie ihr Vater ihre Hausaufgaben durchsah, bevor sie diese einreichte, erschien zu ihrem Verdruss vor ihrem geistigen Auge. War das nicht eigentlich die Aufgabe der Lehrer?

»Und was willst du jetzt tun?«, fragte Kitty und schaute sie ernst durch ihre drahtverstärkten Brillengläser an.

»Das ist ja das Problem.« Maya seufzte verzweifelt, ohne die Augen zu öffnen. »Was kann ich denn schon tun?«

3. Kapitel

Ein spontaner Entschluss

»Igitt – das mag ich aber nicht!«, Benny zeigte auf die Zucchini, die Rose für die Gemüselasagne schnitt.

»Alle anderen mögen sie, deshalb weißt du, was du tun kannst, nicht wahr?«, sagte Rose, die das Abendessen für die Joshis zubereitete.

»Was denn?« Benny schaute zu Roses ernstem Gesicht auf.

»Sie hinterher aussortieren«, erwiderte sie lächelnd, legte das Messer weg und kitzelte ihn.

Maya, die ihre Bücher aus ihrer Tasche holte, lächelte, als sie zusah, wie Benny und Rose herumalberten.

Rose war toll – sie half der Familie aus, seit die Joshis aus der Stadt nach Winstead umgezogen waren. Ihre offiziellen Pflichten bestanden darin, Benny von der Schule abzuholen (oder jetzt im Sommer vom Ferienklub), die Hausaufgaben zu überprüfen (die in dieser Zeit des Jahres im Haushalt der Joshis immer noch anfielen, wenn auch sonst in keiner anderen Familie) und das Abendessen zuzubereiten, bevor Mayas Eltern nach Hause kamen.

Aber abgesehen davon war die fröhliche Irin, Mittfünfzigerin, mit allen Kindern der Joshis gut befreundet – sie spielte gern stundenlang Autoquartett mit Benny, hörte

Sunny zu, wenn sie von ihren liebsten Boybands schwärmte, und hielt vor allem den Mund über Mayas geheime Freizeitaktivitäten.
»Benny – schau dich nur mal an!«, rief Rose plötzlich. »Wie man sieht, habt ihr heute in deiner Gruppe gemalt.«
»Ja, und?« Er nickte.
»Wusstest du nicht, dass man die Farbe aufs Papier und nicht auf seine Hände auftragen soll?«
Benny blickte auf seine mit Farbe beschmierten Hände hinunter.
»Na los, geh schon und wasch dich!«, sagte Rose sanft und schaute ihm nach, als er davontrottete. Dann hielt sie kurz im Schnippeln inne und blickte über ihre Schulter hinweg zu Maya. »Und was ist mit dir los? Besonders glücklich siehst du nicht aus. Der Montagskater?«
»Ach, ich bin nur ganz allgemein unzufrieden, das ist alles«, erwiderte Maya. Es war eine Untertreibung, aber sie wollte Rose nicht mit ihren Klagen belämmern; das hatte sie gerade schon eine Stunde lang mit ihren Freunden im End praktiziert. Und wenn es sie auch erleichtert hatte, endlich einmal darüber zu reden, es hatte ihre Probleme nicht gelöst oder ihre Laune gehoben.
»Du weißt, was du brauchst, nicht wahr?«, fragte Rose.
Ein neues Leben?, dachte Maya, sagte jedoch stattdessen: »Und das wäre, Rose?«
»Ein Hobby«, sagte Rose entschlossen. »Wenn du so viel lernst, sogar in den Ferien, könntest du dringend etwas gebrauchen, das deine grauen Zellen anderweitig stimuliert.«
»Was denn zum Beispiel – Stricken?« Maya lachte.
»Nein, du freches Ding!« Rose lachte ebenfalls. »Meine

Nichte Clarissa ist kürzlich in einen Fotoklub an der Volkshochschule eingetreten. Kennst du die Schule?«
»Ja, meine Freunde Chris und Ollie wohnen ganz in der Nähe.« Maya fiel plötzlich ein Fotoprojekt ein, an dem sie in der achten Klasse im Rahmen des Kunstunterrichts mitgewirkt hatte. Zu viert hatten sie den Tagesablauf im Tierheim der Stadt dokumentiert – das hatte großen Spaß gemacht.
»Aber die Kurse sind doch nur für Erwachsene . . .«
»Oh nein, dieser Kurs ist speziell für Teenager gedacht. Clarissa geht schon seit ein paar Wochen hin. Sie hat einen Anschlag am schwarzen Brett gesehen, als sie zufällig dort vorbeiging.«
Rose wandte sich wieder den Zucchini zu und überließ Maya ihren Gedanken.

Später an diesem Abend dachte Maya immer noch darüber nach, als sie einen Blick ins Wohnzimmer warf und sah, dass ihre Eltern in die Nachrichten vertieft waren.
»Ich telefoniere mal kurz«, sagte sie möglichst beiläufig von der Tür aus. Ihr Vater drehte sich um und nickte.
»Dann schließ die Tür, damit wir nicht beim Fernsehen gestört werden.«
»Klar«, erwiderte sie, die Hand bereits auf der Klinke. Maya wollte ohnehin nicht, dass sie das Gespräch mitbekamen. Sie entfernte sich so weit vom Wohnzimmer, wie die Schnur es zuließ, setzte sich auf die Treppe und wählte.
»Hallo?«
»Hallo, Frau Winter. Hier ist Maya. Ist Chris da?«
»Aber sicher, meine Liebe. Einen Moment!«
Im Hintergrund konnte Maya hören, wie Chris fragte:

»Was, Maya – für mich?« Das war typisch Chris: In letzter Zeit gelang es ihm zwar schon besser, sich von Angesicht zu Angesicht auch mit den Mädchen aus der Clique zu unterhalten, aber am Telefon war er aus irgendeinem Grund immer noch der scheue Junge von früher.

»Maya?«, fragte er zögernd, als er endlich ans Telefon kam.

»Hallo, Chris! Warst du noch länger im End, nachdem ich heute Abend gegangen bin?«

»Hm, nein.«

»Hör mal – ich wollte dich um einen Gefallen bitten . . .«

»In Ordnung.«

Ich wünschte, er wäre nicht ganz so einsilbig, dachte Maya. Ich weiß, er ist extrem nervös, wenn er es mit Mädchen zu tun hat, aber man sollte doch meinen, dass er sich an uns inzwischen gewöhnt hätte . . .

»Kennst du die Volkshochschule?«, fuhr sie fort.

»Sicher.«

»Pass auf – am schwarzen Brett hängt eine Info zu einem Fotoklub. Kannst du mal für mich nachsehen und mir sagen, was dort steht?«

»Klar.«

»Toll! Danke! Morgen muss ich erst zum Mathekurs, aber später sehen wir uns dann im End, ja?«

»Sicher.«

»Tschüss, Chris.«

»Ja, tschüss.«

Ach, Chris, du bist vielleicht komisch, dachte Maya lächelnd, als sie den Hörer auflegte. Dann fiel ihr wieder ihr altes Schulprojekt ein. Wo hatte sie die Fotos verstaut? Sie hätte sie gern ausgegraben, um sie sich noch einmal anzusehen . . .

Da sie tief in ihre Gedanken versunken war, hörte Maya nicht das Knarren der Tür oben an der Treppe: Sunny verzog sich wieder in ihr Zimmer, nachdem sie das Gespräch ihrer großen Schwester belauscht hatte.

Chris trat ein Steinchen vom Gehsteig und überlegte, was er als Nächstes sagen sollte.
Es war Mittwochnachmittag, und da er nichts Besseres zu tun hatte, war Chris zu Maya gegangen, bevor er sich zum Café aufmachte. Jetzt wünschte er, dass er darauf verzichtet hätte. Sie schlenderten gemeinsam die Straße entlang und die Stille war geradezu quälend. Als er ihr einen verstohlenen Blick zuwarf, sah er, dass sie zum wohl fünfzigsten Mal in den letzten fünf Minuten auf die Uhr schaute.
»Ja, es ist immer noch 16.30 Uhr und es ist immer noch Mittwoch!«, hätte er sie am liebsten geneckt, aber da er nun mal Chris war, schluckte er die Worte hinunter und zuckte nur die Achseln.
Chris hasste das Gefühl, sich jedes Wort abpressen zu müssen – besonders bei den Mädchen.
Wie gestern am Telefon zum Beispiel. Bei der Erinnerung zuckte er zusammen. Wie blöd muss ich Maya vorgekommen sein!
Es ging ja noch, wenn Maya, Sonja und die anderen den Löwenanteil der Unterhaltung bestritten; dann konnte er sich entspannen und sich einmischen, ohne allzu sehr von seiner Schüchternheit gebremst zu werden. Aber wenn es so lange still war wie jetzt . . . dann hatte er das Gefühl, dass, sobald er den Mund aufmachte, lauter Albernheiten hinaus-

purzeln und wie eine große Sprechblase in der Luft hängen würden.

Du bist bescheuert, weißt du das?, sagte er sich. Sie ist unglücklich, sie ist deine Freundin – sprich einfach mit ihr!

»Hey, lächle doch mal! Vielleicht wird . . . es ja gar nicht so schlimm, wie du denkst . . .«, sagte er schlapp und sah die Sprechblase über seinem Kopf wippen.

»Entschuldige, Chris, ich war meilenweit weg«, erwiderte Maya und versuchte sich ein Lächeln abzuringen.

»Einen Penny . . .«

Oh Gott, Chris!, dachte er gequält. Du klingst schon wie deine Mutter.

»Wie bitte?«, fragte Maya verwirrt.

»Für deine Gedanken. Einen Penny für deine Gedanken.« Chris' Wangen glühten, als er dies sagte. Einen Augenblick lang, als sie so tief in ihre Gedanken versunken gewesen war, hatte Maya ihn flüchtig an Kitty erinnert – was seine Röte noch vertiefte.

»Ja, richtig«, sagte Maya. »Es ging nur um den Fotoklub, über den du dich für mich erkundigt hast.«

»Ach so, ja.« Chris nickte. Er hatte alle Angaben vom schwarzen Brett abgeschrieben, bevor er am Tag zuvor zum End gegangen war, und hatte Maya die Notizen gegeben, als sie kam. Nach ihrem unerwarteten Anruf vom Montagabend hatte Chris gedacht, sie werde mehr Interesse an den Infos zeigen, aber nach flüchtiger Lektüre hatte sie den Zettel zerknüllt und gesagt: »Damit wäre die Idee ja wohl gestorben.« Merkwürdig.

»Er findet heute Abend statt«, sagte Maya leise.

»Ja, Mittwoch. Ich weiß.« Chris nickte wieder.

»Er fängt um fünf an«, fuhr Maya fort und ihr glattes Haar schwang im Gehen hin und her.

»Mhm. Und gestern sagtest du, dass du nicht hingehen könntest, weil du dich nicht rechtzeitig ins Haus stehlen könntest, bevor deine Eltern von der Arbeit kommen . . .«, half Chris ihr auf die Sprünge, während er sich fragte, was sie wohl dachte. Jetzt fühlte er sich viel besser; die erdrückende Beklommenheit war von ihm abgefallen, sobald das Gespräch in Gang gekommen war.

»Genau. Sie würden mir nicht erlauben dort Mitglied zu werden. Ihre Sorge wäre, dass ich weitermachen wollte, wenn ich im Herbst in die Abschlussklasse komme, und das wäre nicht auszudenken«, sagte Maya bitter.

»Und von nichts kommt nichts!«, witzelte Chris, der sich an den Spruch erinnerte, den Mayas Eltern ihr immer wieder einhämmerten.

»Ach, Chris – aber ich möchte so gern daran teilnehmen!«, rief sie und zog die Nase kraus wie eine Fünfjährige, der man gesagt hat, es sei Schlafenszeit. Es passte eigentlich gar nicht zu Maya.

»Aber was kannst du schon tun? Wenn du denkst, dass deine Eltern auf jeden Fall dagegen wären . . .«

»Ich weiß! Aber es ist einfach nicht fair!«

Chris schaute sie prüfend an, ob es auch wirklich Maya war, mit der er sprach – solche Klagen waren eher Sabrinas Stil.

»Komm«, sagte er, als sie sich der Abzweigung zum Happy End näherten. »Ollie und Sonja werden dich aufmuntern. Und wenn es ihnen nicht gelingt, können wir immer noch darüber lachen, in welch abgedrehtes Outfit Sabrina sich heute wieder gezwängt hat.«

Statt zu lachen, wie Chris gehofft hatte, blieb Maya plötzlich stocksteif stehen.

»Entschuldige, Chris«, sagte sie und lächelte. »Ich hab andere Pläne.«

»Wohin gehst du denn?«, fragte er, als sie sich umdrehte und in eine Nebenstraße bog.

»Rate mal!« Sie lächelte ihm über die Schulter hinweg zu.

»Und deine Eltern?«, rief er ihr nach.

»Ihr Pech!«, rief sie und winkte.

Wow, das wird ja immer eigenartiger, dachte Chris, als er Maya selbstbewusst davonmarschieren sah. Jetzt hat sie sich in Sonja verwandelt.

4. Kapitel

Maya im Fotokurs

Der säuerliche Geruch von Chemikalien nahm ihr den Atem. Doch es war aufregend, da es Maya wieder in die Zeit zurückversetzte, als sie noch ihre alte Schule in der Stadt besucht hatte. Kunst war damals ihr Lieblingsfach gewesen und im Kunstkurs hatte sie ihre besten Freunde kennen gelernt.

Und jetzt . . . jetzt gab es keine Kunstkurse und alten besten Freunde mehr – Kim, Conny und Sabine hatten keinen Kontakt mehr zu Maya aufgenommen, seit ihre Familie nach Winstead gezogen war. Sie hatten sich allerdings schon vorher von ihr distanziert, als Maya sich in ihrer Fächerauswahl auf »Naturwissenschaften und all das ernste Zeugs« konzentrierte, wie Conny es nannte, und sie nicht mehr dieselben Kurse besuchten.

»So ist das Leben nun mal«, hatte Maya sich damals gesagt, obwohl es ihr größeren Kummer bereitete, als alle dachten. Als sie jetzt in der Tür des einstöckigen Anbaus stand, atmete sie wieder den scharfen Geruch ein und blickte sich um. In einem Raum, dessen Wände mit zahllosen Schwarzweißfotos förmlich tapeziert waren, machte sich etwa ein halbes Dutzend Leute zu schaffen. Zur Rechten befand sich eine

weitere Tür mit einem roten Lämpchen darüber und der Aufschrift »Bitte erst klopfen – oder ich muss dir den Hals umdrehen!«, die in kräftigen Lettern auf ein DIN-A3-Blatt gepinnt war. Ganz offensichtlich die Dunkelkammer.
»Hallo, bist du wegen des Fotoklubs hier?«
Maya nickte.
»Dann komm rein – und schließ die Tür.«
Die raue Stimme gehörte einem großen, schlaksigen Mann Ende zwanzig, der leicht vornübergebeugt stand, als wäre die Decke zu niedrig für ihn oder als wolle er sich für seine Größe entschuldigen.
»Ich bin Alex«, sagte er grinsend, als er auf sie zukam. »Ich unterrichte Kunst hier in Downfield. Und Fotografie – wie man sieht!«
»Ich bin Maya – Maya Joshi.« Sie erwiderte sein Lächeln. Zumindest war er freundlich.
Trotz der Selbstsicherheit, die sie zur Schau getragen hatte, als sie sich von Chris trennte, hatte sich ihr vor Nervosität der Magen umgedreht, als sie den Wegweisern zu diesem Gebäude folgte. Es war schwer, ganz allein zu neuen Ufern aufzubrechen – andererseits hatte Maya dies in den letzten Jahren recht häufig tun müssen.
»Hast du dich schon mal irgendwann mit Fotografie beschäftigt, Maya?«
»Ja, aber nicht lange«, erwiderte sie und dachte an die montierten Abzüge, die sie immer noch nicht hatte finden können, obwohl sie heute Morgen zu Hause sämtliche Schränke durchwühlt hatte.
»Keine Panik, du wirst dich schnell wieder einarbeiten. Und jetzt brauche ich erst mal ein paar persönliche Angaben«,

sagte der Lehrer, ging zu einem Tisch und zeigte auf einen Stuhl.
Während Alex ihren Namen auf einen Notizblock kritzelte, erzählte er ihr Näheres über den Klub. »Du hast erst zwei Sitzungen verpasst; wir haben mit Ferienbeginn angefangen. Aber der Klub ist nicht nur im Sommer aktiv – nach den Ferien machen wir weiter. Hast du dich darauf eingestellt?«
»Ja, ja, natürlich«, sagte Maya begeistert, bevor ihr wieder einfiel, was der Haken an der an der Sache war. »Allerdings kann ich nicht die vollen zwei Stunden bleiben – ich muss vor sieben zu Hause sein.«
»In Ordnung.« Alex nickte. »Dann komm eben ein bisschen früher, wenn du magst, damit du nichts verpasst. Ich bin ohnehin schon vor fünf hier, um alles vorzubereiten.«
»Danke.« Sie lächelte, dann schaute sie sich noch einmal kurz in dem großen Raum um. Es juckte ihr in den Fingern endlich anzufangen.
»So, und jetzt wenden wir uns den technischen Aspekten zu«, fuhr er fort. »Hast du eine eigene Kamera, Maya?«
»Nur eine billige Sofortkamera«, gab sie verzagt zu. Sie erinnerte sich an die 35-mm-Profikamera, die sie sich an ihrer alten Schule ausgeliehen hatte. Ihr kleiner Fotoapparat war damit nicht zu vergleichen – und die Miene des Lehrers sagte ihr, dass er das Gleiche dachte.
»Die wird reichen müssen, wenn du nichts anderes auftreiben kannst, aber viel besser wäre es natürlich, so etwas hier in den Händen zu haben . . .« Er beugte sich vor und nahm eine Pentax vom Tisch. ». . . damit du verschiedene Objektive benutzen und richtig experimentieren kannst. Normaler-

weise kann man sich eine Kamera von der Schule leihen, aber leider waren alle anderen schneller als du.«

»Ich versuche mir eine zu besorgen«, sagte Maya, obwohl sie keine Ahnung hatte, wie sie das anstellen sollte.

»So, und jetzt muss ich dir noch was verklickern, bevor ich dich mit den anderen bekannt mache«, sagte Alex und schob ihr ein DIN-A4-Poster hin. Maya las nur »Peacock Trust Fotowettbewerb«, ehe er fortfuhr.

»Dieser Wettbewerb wird von der Peacock-Galerie ausgeschrieben, um junge Talente zu fördern. Das Thema lautet ›Informelle Porträts‹, was den Teilnehmern alle Freiheit lässt.«

Maya nickte und warf noch einen Blick auf den Handzettel.

»Die gute Nachricht ist, dass es eine ausgezeichnete Kameraausrüstung zu gewinnen gibt – weshalb mir daran gelegen ist, dass alle Klubmitglieder mitmachen«, erklärte Alex. »Die schlechte Nachricht ist, dass in knapp drei Wochen Einsendeschluss ist.«

Er bemerkte Mayas frustrierte Miene und beeilte sich ihr Mut zu machen.

»Ich weiß, alle anderen haben dir gegenüber einen gewissen Vorsprung, aber dir bleibt noch genug Zeit. Überleg mal, ob du nicht Fotos von deiner Familie und deinen Freunden machen kannst. Außerdem machen wir am kommenden Mittwochnachmittag einen Ausflug – bist du dann frei?«

Mayas Gedanken überschlugen sich – an dem Tag musste sie auf Benny aufpassen. Was sollte sie jetzt tun?

»Ja, klar«, sagte sie laut. Darüber zerbreche ich mir später den Kopf, dachte sie im Stillen.

»Gut, alles Weitere dazu sage ich dir heute Abend, bevor du gehst. Aber jetzt stürzen wir uns erst mal ins Gewühl und ich zeige dir alles, ja?«

»Danke, Herr . . .«, stammelte Maya, die plötzlich merkte, dass sie seinen Nachnamen nicht mitbekommen hatte.

»Alex – nur Alex.« Er grinste. »Wir sind hier ja nicht in der Schule, vergiss das nicht!«

Gott sei Dank!, dachte Maya, während sie sein Lächeln erwiderte.

Als Alex aufstand, rief er jemanden zu sich. »Andi?«

»Ja?«, fragte ein Junge, der etwa siebzehn sein musste. Er wandte sich von den beiden Mädchen ab, mit denen er geredet hatte.

»Andi – bist du so weit in die Dunkelkammer zu gehen?«

»Klar.« Der Junge hielt eine Filmrolle in die Höhe.

»Kannst du Maya mitnehmen und ihr den Entwicklungsprozess zeigen?«

»Natürlich, gern«, erwiderte er, heftete seine strahlend blauen Augen auf Maya und lächelte.

Ein kleiner Schauer lief Maya über den Rücken und sie fühlte sich ein wenig benommen.

Das muss an den Chemikalien liegen, dachte sie und stand auf, um Andi in die Dunkelkammer zu folgen.

5. Kapitel

Chris flattert

»Was machst du am Samstag?«
»Ich fahre zu meinem Papa, schon vergessen?«
Mark zog konzentriert die Stirn kraus.
»Oh ja, du hast es irgendwann mal erwähnt.«
Chris seufzte. Da hatte er am Montag stundenlang sein Herz über die Probleme mit seinem Vater ausgeschüttet und Mark hatte nichts mitbekommen. Aber das war typisch für Mark – so wie Sabrina hörte er immer nur mit halbem Ohr hin, wenn es um die Gefühle und Gedanken anderer Leute ging. Wie Sabrina war Mark oft viel zu sehr mit sich beschäftigt, um Zeit für andere zu haben.
Komisch, dass es nicht geklappt hat, als die beiden miteinander gingen, überlegte er. Sie passen perfekt zusammen . . .
»Ich hab dir ein besseres Angebot zu machen«, fuhr Mark ansatzlos fort. »Ich hab einen Job außerhalb der Stadt – ein Mädchen feiert ihren Achtzehnten in einem großen Festzelt – und könnte Gesellschaft brauchen.«
Chris zögerte. Mal abgesehen von den Komplikationen, die er zu bestehen hätte – er würde die ausdrückliche Einladung seines Vaters nachträglich ausschlagen müssen –, war

Marks erste Wahl in puncto Co-DJ gewöhnlich Ollie und Chris kam nur gelegentlich als Dritter mit. Der ultraschüchterne Chris und der überselbstbewusste Mark unternahmen nur höchst selten etwas zu zweit.
»Was ist mit Ollie?«, fragte Chris, dann folgte er Marks Blick zum Tresen, wo Ollie und Kitty über der Metalltheke die Köpfe zusammensteckten.
»Verstößt es nicht gegen die Hygienebestimmungen, in einem Café so hemmungslos zu knutschen?« Mark verzog das Gesicht.
»Du bist ja bloß eifersüchtig auf jeden, der geknutscht wird«, warf Sonja ein und unterbrach kurz ihr Gespräch mit Sabrina.
Obwohl schon eine Stunde ins Land gegangen war, ereiferten sich die beiden Mädchen immer noch über Mayas untypischen Sinneswandel draußen vor dem Café. Sie hatten Chris die kleinsten Details über ihren plötzlichen Freiheitsdrang – oder zumindest ihren Drang zu dem Fotoklub zu gehen – abgepresst. Aber beides lief bei Maya im Grunde auf dasselbe hinaus.
»Halt dich gefälligst aus meiner Unterhaltung raus und wende dich wieder deinem Klatsch zu.« Mark grinste süffisant. Sonja gab ihm einen leichten Klaps auf den Kopf.
»Ich wusste, dass das kommen würde«, sagte er zu Chris.
»Geschieht dir nur recht«, trumpfte Sabrina auf. »Wenn du deinen Dickschädel auch direkt in Sonjas Flugbahn hältst!«
»Wenigstens habe ich keine so große Klappe wie du«, konterte Mark. »Jedenfalls, Chris . . .«
Nervös rutschte Chris auf seinem Platz herum – man konnte

nie wissen, wann aus Marks und Sabrinas Wortgefechten Ernst wurde, wie es oft vorkam.

». . . scheint es so, als wollte Ollie am Samstagabend unbedingt den lieben kleinen Freund spielen und Kittys Bruder und den blöden Hund hüten.«

»Wieso?«, fragte Chris völlig verwirrt.

»Kittys Eltern sind eingeladen und Kitty hatte bereits vor, sich mit den Geschwistern Fürchterlich hier neben uns zu treffen . . .«

»Hey!«, riefen Sabrina und Sonja im Chor.

»Pardon«, sagte Mark. »Ich meinte, die Cousinen Fürchterlich . . .«

Er ignorierte Sonjas zweite Kopfnuss und fuhr ungerührt fort.

». . . deshalb hat Ollie, ganz der Kavalier, seine Dienste als Baby- und Hundesitter angeboten. Und aus diesem Grund kann er nicht mitkommen.«

Und deshalb fällt die Wahl auf mich, dachte Chris. Ollie ist anderweitig eingespannt, also soll ich als Ersatzmann helfen Marks Kram aus dem Auto zu laden . . .

Nicht, dass Chris keine Lust hatte zu der Geburtstagsparty mitzukommen. Die Chance, auf eine vermutlich tolle Fete zu gehen, gegen die Aussicht auf einen verkrampften Nachmittag bei seinem Papa und seiner Freundin? Gar kein Vergleich. Aber was war mit dem Versprechen, das er gegeben hatte?

»Ich kann nicht mitkommen.« Chris zuckte die Achseln.

»Aber sicher kannst du!«, erwiderte Mark überschwänglich. »Ich hab mir alles genau überlegt! Diese Party findet auf einem großen Bauernhof ganz in der Nähe des Kaffs statt, in dem dein Vater lebt.«

Allmählich dämmerte Chris, worauf Mark hinauswollte.
»Mit anderen Worten, du fährst zu Papi und spielst nachmittags den braven Sohn«, erklärte Mark, »und gegen sieben komme ich vorbei und entführe dich zur Party. Frühmorgens setze ich dich wieder bei ihnen ab, dann könnt ihr am Sonntag noch ein trautes Vater-Sohn-Frühstück zelebrieren.«
»Ich weiß nicht . . .«, sagte Chris beunruhigt, obwohl es die perfekte Lösung zu sein schien.
»Hör mal, was würdest du denn groß verpassen? Einen Abend vor der Glotze, wo ihr euch die Lottoshow reinzieht oder so und Papi und seine Biene auf dem Sofa kuscheln?«
Mark konnte sehr überzeugend sein und auch jetzt sagte er genau das Richtige. Hätte ihm nicht sein Gewissen ins andere Ohr geflüstert, dann hätte Chris auf der Stelle zugesagt.
»Komm schon . . .« Mark grinste. »Du willst es doch auch.«
Aber du hast es deinem Papa versprochen . . . , sagte die innere Stimme.
»Was meinst du, Chris?«
. . . und deiner Mama, flüsterte die Stimme.
»Warum nicht?«, sagte Chris, plötzlich taub für alles, was sein Gewissen ihm zu sagen hatte.

6. Kapitel

Maya wird verhört

Maya blickte auf die Uhr über der Jukebox. Halb sieben. Dann schaute sie auf ihre Armbanduhr und sah, wie spät es wirklich war: 12.30 Uhr. Gut – ihr blieben noch zwanzig Minuten, bis sie aufbrechen musste, um Benny abzuholen.

»Ich weiß nicht, warum du dir überhaupt die Mühe machst auf die Uhr da zu gucken.« Sabrina zuckte die Achseln. »Es wäre sogar schon besser, wenn hier eine Sonnenuhr installiert würde. Genauer wäre die allemal.«

»Die Macht der Gewohnheit.« Maya lächelte ihr zu. Ihr gefiel die urige Uhr im Happy End. Und ebenso der urige Musikautomat, der einen übers Ohr haute, indem er Platten abspielte, die man nie auswählen würde, obendrein in einer Drehzahl, von deren Existenz man nichts geahnt hatte. Hin und wieder stellte die Jukebox den Betrieb auch ganz ein, wenn sie keine Lust hatte, ganz gleich welche Verwünschungen Nick, der Besitzer, ausstieß oder wie viele Tritte er ihr verpasste.

Im Übrigen mochte Maya auch die verwirrte ältere Dame, die den Waschsalon auf der gegenüberliegenden Straßenseite führte. Angesichts ihres strikt durchorganisierten, auf Zeitersparnis angelegten Lebens sorgten Ablenkungen wie die verrückte Vera, die zwischen den Trocknern einen Cancan tanzte, und die Launen der eigensinnigen Uhr und der Jukebox im End dafür, dass Mayas Tag nicht in Langeweile versank.

»Also könnte man sagen, dass der gestrige Nachmittag ein Erfolg war?«, fragte Sonja mit blitzenden Augen. »Wenn man sich vorstellt, dass unsere Maya eines Tages die Supermodels der Zukunft für das Cover von Elle ablichten könnte!«

»Und wenn du irgendwelche Modelle brauchst, helfe ich dir mit Freuden aus, gar keine Frage«, sagte Sabrina, hob kokett eine Schulter und schmollte mit ihren Himmlische-Himbeere-Lippen um ihr Leben.

»Träum weiter, Sabrina«, bemerkte Sonja und starrte auf die blonden Peroxyd-Locken ihrer Cousine. »Du magst dir mit dieser Frisur ja wie Marilyn Monroe vorkommen, aber deine schwarzen Haarwurzeln und großen Ohren erinnern eher an Minnie Mouse . . .«

»Ach, verzieh dich bloß wieder in deine Messerschublade, Fräulein Scharfe Zunge!«, konterte Sabrina. »Im Übrigen ist dies mein ›Theaterlook‹. Und nur weil du –«

»Stopp!« Maya hob nach Art der Schiedsrichter die Hände – wie stets, wenn sie zwischen Sabrina und Sonja schlichten musste.

»Entschuldige, Maya«, sagte Sonja, der plötzlich bewusst wurde, dass ihr Gezänk ihrer Freundin die gute Laune verdarb. »Jedenfalls hast du gesagt, dass du an dem Wettbewerb teilnehmen willst?«

»Ja.« Maya nickte strahlend. Sie war immer noch high vom vergangenen Nachmittag. »Und wenn ihr nichts dagegen habt, würde ich am Samstag zu der Pyjamaparty gerne meine Kamera mitbringen und einfach mal schauen, was ich so vor die Linse kriege.«

»Ja! Das wird lustig!« Sonja wandte sich an Sabrina. »Oder nicht?«

»Ja . . .«, erwiderte Sabrina skeptisch. »Solange du mir etwas versprichst . . .«

Maya blickte ihre Freundin an. Worauf wollte sie hinaus?

»Dass du keine Bilder von mir machst, nachdem ich mich abgeschminkt habe.«

Ehe Maya etwas sagen konnte – geschweige denn sich Sabrina komplett ohne Kriegsbemalung vorstellen konnte –, kam Chris hereingeschlendert und ließ sich neben die Mädchen in der Fensternische auf die Bank fallen.

»Alles klar, Chrissy?« Sonja lächelte ihm zu.

»Ja.« Chris nickte kurz. Er hasste es, Chrissy genannt zu werden, aber das hätte er den anderen gegenüber niemals zugegeben.

»Maya hat uns von dem Fotokurs erzählt, den sie gestern Nachmittag besucht hat«, begann Sabrina zu erklären.

»Es ist kein Kurs, sondern ein Klub«, stellte Maya richtig, um den Unterschied zu schulischen Veranstaltungen zu unterstreichen.

»Ja, ja, wie auch immer.« Sabrina zuckte die Achseln und trank geräuschvoll einen Schluck von ihrer Cola light.

»War es schön?«, fragte Chris und wandte sich Maya zu. Gestern war sie ihm wie ein völlig anderer Mensch vorgekommen. Er war erleichtert, als er feststellte, dass sie anscheinend wieder so selbstbeherrscht war wie sonst.

»Toll, danke.« Maya lächelte ihm zu.

»Und dann hast du es geschafft, vor deinen Eltern nach Hause zu kommen?«, fragte er, obwohl sie andernfalls ja schwerlich gesagt hätte, es sei toll gewesen.
»Ja, ich bin früher gegangen, deshalb war's kein Problem.«
»Demnach gehst du wieder hin?«, hakte er nach.
»Warte, warte, warte«, unterbrach Sonja. »Die wichtigste Frage hat noch keiner gestellt.«
»Und die wäre?«, fragte Maya. Was kam denn jetzt?
»Die wäre – wie war der Lehrer? Süß?«
Maya holte tief Luft – mit dieser Frage hatte sie nicht gerechnet.
»Er ist – er ist Lehrer! Für Lehrer schwärmt man doch nicht!«, protestierte sie.
»Ich weiß nicht«, sagte Sabrina. »Erinnert ihr euch noch an den Vertretungslehrer im Theaterklub letztes Jahr – Herr James?«
»Mmmmmmmmmmmmmmmmmm!«, machten Sonja und Sabrina im Chor, ausnahmsweise einmal einer Meinung. Zwei kurze Wochen lang hatte er sämtliche Mädchen der Mittel- und Oberstufe von St. Mark's in Atem gehalten.
»So ist Alex aber nicht!«, protestierte Maya erneut.
»Oh, Alex, ja? Welch freundschaftlicher Umgang«, neckte Sabrina sie und zog Richtung Sonja die Brauen hoch.
»Es ist keine reguläre Schule – es ist eine Volkshochschule. Alle nennen ihn Alex.«
Chris hatte Mitleid mit Maya: Sie war es nicht gewohnt, auf diese Weise aufgezogen zu werden, und sie ging nicht besonders geschickt damit um.
»Ja, gut – dann also Alex.« Sonja nickte ernst. Doch dann

schlich sich ein durchtriebenes Lächeln ein, als sie hinzufügte: »Und ist Alex süß?«
»Nein!«, ächzte Maya. »Er ist ein ganz normaler Typ.«
»Bist du ganz sicher, Maya?«, fiel Sabrina ein und folgte der Marschroute, die Sonja vorgegeben hatte.
»Ja, natürlich! Ich meine, er ist nicht so süß wie –« Sie brach ab, bevor sie sich noch tiefer reinritt, aber es war bereits zu spät.
»Nicht so süß wie wer?«, bohrte Sonja.
»Nicht so . . . so wie Andi.«
»Andi!«, kreischten Sonja und Sabrina. »Wer ist Andi?«
Chris konnte es nicht mehr mit ansehen. Der Anblick, wie Maya unter den Fragen der anderen Mädchen zusammenzuckte, ging ihm an die Nieren. Andererseits konnte er es nicht mit Sonja und Sabrina gleichzeitig aufnehmen. Deshalb schwieg er lieber und behielt seine Gedanken für sich.
Es war eine Erleichterung für ihn, dass Nick, der Besitzer des Cafés, ihn in diesem Moment zum Tresen winkte.
»Pardon«, sagte Chris in die Runde, stand auf und ging zu Nick hinüber, der in seinem liebsten Kiss-T-Shirt steckte (erst kürzlich erstanden, um sein altes Kiss-T-Shirt zu ersetzen).
»Chris – hast du schon einen Ferienjob?«, fragte Nick.
»Nein«, sagte Chris. Wenn ich einen hätte, säße ich dann an einem Donnerstagmittag hier im Café?, fügte er im Stillen hinzu.
»Hättest du nicht Lust hin und wieder hier auszuhelfen?«, fragte Nick und strich sein T-Shirt über seinem dicken Bauch glatt. Chris fragte sich zerstreut, ob er wohl immer noch dieselbe Größe kaufte wie bei seinem allerersten Kiss-T-Shirt,

das viele Jahre und etliche Liter Bier zurücklag. »Das Personal will Urlaub machen, weißt du.«
Wie rücksichtslos von den Leuten, dachte Chris ironisch. Aber Nicks mangelnde Fähigkeiten als Geschäftsführer störten Chris nicht besonders – nicht wenn sich ihm die Chance bot in den Ferien etwas zu verdienen.
»Kein Problem, Nick.«
»Cool. Kommst du dann am Montag zur Mittagsschicht, um zu bedienen und so weiter?«
»Kein Problem«, wiederholte Chris. Er hatte noch nie zuvor in einem Café gekellnert, aber das schreckte ihn nicht. Immerhin hatte er so viel Zeit hier mit seinen Freunden verbracht, dass er die anfallende Arbeit wohl genauso gut erledigen konnte wie das Stammpersonal.
Im Übrigen war er schon mehrmals, ohne dass Nick es bemerkt hätte, für Ollie eingesprungen, wenn dieser in Nicks Secondhand-Plattenladen nebenan bedienen musste.
»Also gut, abgemacht, Kumpel.« Nick streckte ihm die Hand hin.
»Abgemacht«, bestätigte Chris, zuckte unter Nicks kräftigem Händedruck zusammen und kehrte zu den Mädchen in die Nische am Fenster zurück.
»Ist Nick gut drauf?«, zischte Sabrina theatralisch, als Chris Platz nahm.
»Ja – wieso nicht?« Chris fragte sich, was Sabrina meinte, während er nach einer Serviette griff, um sich einen Eifleck von der Hand zu wischen, die Nick geschüttelt hatte.
»Ich dachte nur, er könnte ein wenig . . . na ja, deprimiert sein.«
»Wieso?«, fragte Chris.

»Weil . . .«, flüsterte Sabrina mit hinterhältigem Lächeln, »weil meine Mama ihn gestern Abend rausgeschmissen hat!«
»Ach!«, stieß Sonja hervor. »Na, eins muss ich ihnen aber lassen – sie haben es länger miteinander ausgehalten, als wir alle dachten!«
»Ja, aber das war auch nicht schwer. Wir haben alle gewettet, dass die Beziehung schon das Wochenende nicht überstehen würde, an dem wir es erfahren hatten!«, warf Chris ein, dann war er prompt verlegen, weil er über dieses Thema einen Witz gemacht hatte.
Es war lustig gewesen, als sie vor etwa einem Monat herausgefunden hatten, dass der alternde Rocker Nick mit Sabrinas superehrgeiziger, supereleganter und superverkniffener Mutter ausging. Aber gleichzeitig kam heraus, dass Sabrina sich in ein tiefes emotionales Loch manövriert hatte – sie hatte haufenweise Lügen verbreitet, die beinahe das lockere Verhältnis der Clique mit Nick kaputtgemacht und fast zum Bruch zwischen Ollie und Kitty geführt hätten . . .
Aber man schaue sie sich jetzt nur an, dachte Chris und beobachtete staunend, wie Sabrina alle über die blutigen Details des Krachs ins Bild setzte, als ob all das nie geschehen wäre. Als ahne sie nicht im Geringsten, wie viel Glück sie hatte, dass alle diese Episode vergeben und vergessen hatten, vor allem Kitty, Ollie und Nick.
Sie ist ein richtiges Stehaufmännchen, überlegte Chris, bevor ihm ein neuer Gedanke kam. Aber sie ist ja auch eine Expertin, was das Verbergen von Gefühlen angeht . . .
Nicht zum ersten Mal starrte er Sabrina an und blickte hinter ihre oberflächliche, alberne und oft auch selbstsüchtige

Fassade. In Gedanken kehrte er zu dem Tag vor etwa zwei Monaten zurück, als sie ihn zur Rede stellte, weil er trank, und sie ihm die Geschichte erzählte, warum ihr Vater sie und ihre Mutter in Wahrheit vor Jahren allein gelassen hatte. Vom Alkoholproblem ihres Vaters und wie er seine eigene Tochter bedenkenlos und ohne das geringste Bedauern ihrem Schicksal überlassen hatte. Chris hatte in Schwierigkeiten gesteckt und das war ihm auch bewusst gewesen, doch Sabrinas Geständnis war der Anstoß, den er brauchte, um sich wieder zu fangen.

»... und sie sagte: ›Tut mir Leid, Nick, aber das ist mein letztes Wort‹, als befände sie sich auf einer Vorstandssitzung oder so. Und dann knallte sie den Hörer auf die Gabel.«

»Hey, Sabrina, schau ihn dir an ...«, sagte Sonja und wies mit dem Kopf zum Tresen, wo Nick zu einer Oasis-Nummer mitsang, die aus der Jukebox dröhnte, und Gläser polierte. »Sein Herz scheint jedenfalls nicht gebrochen zu sein.«

»Vermutlich weiß er, welches Glück er hatte, dass er meinem Hausdrachen – Pardon, meiner Mutter entkommen konnte«, frotzelte Sabrina.

»Wahrscheinlich fehlte ihm der Mut von sich aus Schluss zu machen, weil er befürchtete, dass Tante Sylvia ihm mit ihrer Heftmaschine zu Leibe rücken würde«, fiel Sonja ein.

Maya, der plötzlich wieder einfiel, dass ihre Zeit knapp bemessen war, warf einen Blick auf ihre Uhr und zog schnell ihre Jacke an. »Ich würde ja gern noch bleiben und mehr über die Romanze erfahren, aus der nie etwas wurde, aber ich muss meinen kleinen Bruder abholen.«

»Also wirklich, Fräulein Joshi«. Sonja drohte ihr mit dem Finger. »Wir haben uns zwar von dem Nick-und-Sylvia-Fiasko

ablenken lassen, aber denk ja nicht, dass du uns so leicht davonkommst, was diesen Andi betrifft.«
»Ganz genau!«, meldete Sabrina sich zu Wort. Ihre goldblonden Locken wippten, als sie zustimmend nickte. »Ich habe dich bisher noch nie sagen hören, dass dir ein Junge gefällt – noch nie!«
»Er gefällt mir gar nicht!«, protestierte Maya sinnloserweise. Ihr war klar, dass sie angesichts der Begeisterung, mit dem ihre beiden Freundinnen auf ihr vermeintliches Liebesleben reagierten, auf verlorenem Posten stand. »Ich habe lediglich gesagt, dass er . . . nett wirkte, mehr nicht.«
»Solltest du dich in den Typ verlieben, dann stehen wir dir jederzeit mit Rat und Tat zur Seite, nicht wahr, Sabrina?« Sonja schaute ihre Cousine mit hochgezogenen Brauen an.
»Völlig richtig!«
Chris schaute in Mayas besorgtes Gesicht. Offenbar war es genau das, was ihr Probleme bereitete.

7. Kapitel

Chris gibt sich galant

Die bauschigen weißen Wolken drehten sich über ihm im Kreis. Davon wurde ihm zwar flau im Magen, doch es gefiel ihm zu gut, um aufzuhören.

Plötzlich landete ein Knie in seiner Leistengegend. Als er nach Luft schnappte, erschien ein kleines Gesicht über ihm und verdeckte den blauen Himmel.

»Chris!«, sagte der strahlende Junge mit der Zahnlücke. Chris konnte zwar nichts hören, da er seinen Walkman aufgedreht hatte, aber er konnte seinen Namen von den Lippen des Kleinen ablesen.

Mit einem Ruck setzte er sich auf und hielt sich an dem Jungen fest, der auf ihn geklettert war. Mit der freien Hand nahm er die Kopfhörer ab und schaute sich um.

Das alte Karussell aus gestrichenem Holz drehte sich knarrend um die eigene Achse und sein Blick fiel auf den gesamten Park, dann auf den Spielplatz, bevor er Maya wahrnahm, die winkte und »Hallo!« sagte, als Chris und Benny langsam an ihr vorbeiglitten.

Immer noch ein wenig außer Atem vor Schmerzen, streckte Chris den Fuß und ließ ihn über den Boden schleifen, um das Karussell zum Stehen zu bringen.

»Benny, du musst besser aufpassen! Der arme Chris!«, wies Maya ihren kleinen Bruder zurecht. Sie blickte ihren Freund, dem sein Unbehagen deutlich anzumerken war, bedauernd an.

»Ist nicht weiter schlimm«, log Chris und zerwühlte Bennys fast schwarzes Haar. »Was habt ihr zwei vor?«

»Er soll einen Teil seiner überschüssigen Energie loswerden, bevor ich ihn Rose übergebe«, sagte Maya lächelnd und setzte sich neben die Jungen auf das jetzt stillstehende Fahrgerät. »Ich kann dir sagen – er hat richtige Röntgenaugen. Er hat dich aus Meilen Entfernung hier liegen sehen und auf Anhieb erkannt.«

»Du sahst aus wie ein Betrunkener«, stellte Benny sachlich fest.

Chris zuckte innerlich zusammen. Er erinnerte sich noch vage an einen Tag, an dem er beobachtet hatte, wie hoch oben am Himmel die Sterne miteinander verflossen, mitten in einem vom Alkohol herrührenden Nebel in jüngster Vergangenheit.

»Oder wie ein Toter«, ergänzte Benny.

»Gut, das reicht, Benny«, sagte Maya entschlossen. »Tut mir Leid – im Augenblick ist er in einer makabren Phase. Aber ich muss sagen, nur gut, dass niemand außer dir auf dem Spielplatz war, sonst hättest du so einige misstrauische Blicke auf dich gezogen.«

»Daran hab ich gar nicht gedacht«, gab Chris zu. »Wir waren meistens abends hier, nicht wahr? Zum Beispiel, als die Kirmes das letzte Mal im Park stattfand.«

»Ja, wenn die Kinder, für die dieser Ort eigentlich gedacht ist, längst im Bett liegen, du großes Kind«, neckte sie ihn sanft.

»Was hast du hier gemacht, Chris?«, fragte Benny und schaute ihm ernst ins Gesicht.
Chris war zu verlegen, um zu erzählen, was er sich angehört hatte, deshalb verriet er dem Kleinen nur die halbe Wahrheit.
»Hm, ich hab mir bloß angeschaut, wie die Wolken aus dieser Perspektive aussehen, Benny . . .«, sagte er achselzuckend. Benny blickte ihn kurz an, dann schaute er in den Himmel.
»Toll!«, sagte er, kletterte von Chris hinunter und ließ sich rücklings auf die harte Holzplatte fallen. »Drehst du mich mal, Chrissy! Chrissy?«
Maya bemerkte, wie Chris plötzlich zusammenzuckte, und fragte sich, warum. Sie sagte jedoch nichts, sondern hob die Füße auf das Laufbrett, damit Chris sie anschieben konnte.
»Nicht zu schnell, sonst wird ihm bloß übel«, flüsterte sie Chris zu. Er nickte.
»Stimmt gar nicht!«, ertönte eine eigensinnige Stimme. »Schneller, Chrissy!«
Maya schüttelte den Kopf und formte »Tu's nicht!« mit den Lippen.
»Na gut, Benny, wir legen einen Zahn zu«, sagte Chris und zwinkerte ihr zu. »Unter einer Bedingung . . .«
»Welche denn?«, quietschte Benny aufgeregt.
Chris beugte sich über den Siebenjährigen. »Solange du mich nicht Chrissy nennst, einverstanden? Das nervt mich nämlich«, flüsterte er verschwörerisch.
»Einverstanden«, flüsterte Benny ebenfalls und strahlte den Freund seiner Schwester an.

Maya tat so, als hätte sie nichts gehört.
»Und was hast du dir angehört?«, erkundigte sie sich, als Chris sich aufrichtete und sich ihr wieder zuwandte. Maya entging nie etwas und Chris versuchte auch gar nicht erst ihr etwas vorzumachen.
»Das war bloß eine Kassette mit ein paar halb fertigen Nummern der Band«, murmelte er.
So weit entsprach es zumindest der Wahrheit – Näheres wollte er nicht erzählen, um nicht erklären zu müssen, dass er die Nummer, die er gehört hatte, im Frühjahr selbst geschrieben hatte. Der Song, zu dem ihn Kitty inspiriert hatte . . . Nur Ollie wusste, dass er eigene Songs schrieb. Und keine Menschenseele wusste, wie sehr er Kitty mochte.
»Etwas, das ich kenne?«, fragte Maya. Sie hatte die wenigen Gigs, die Ollies und Chris' Band The Loud bisher gespielt hatte, miterlebt.
»Nein – nur neue Sachen, die wir noch nicht vor Publikum gebracht haben.«
»Und wann haucht ihr zwei der Band endlich wieder neues Leben ein?«
»Keine Ahnung.« Chris zuckte die Achseln. Das war ein wunder Punkt zwischen Ollie und ihm. Sie hatten schon vor einer Ewigkeit darüber gesprochen, per Anzeige neue Bandmitglieder zu suchen, aber Ollie schien jedes Mal neue Ausreden zu finden, wenn Chris das Thema in letzter Zeit zur Sprache brachte.
»Kommt die Band an zweiter Stelle für ihn, jetzt, da er mit Kitty zusammen ist?«, fragte Maya beharrlich.
»Schätzungsweise.« Chris zuckte wieder die Achseln. Er

wollte nichts Schlechtes über die Beziehung seines besten Freundes sagen, um nicht neidisch zu erscheinen. Aber das war er. Und wie . . .

»Ich weiß, Ollie und Kitty hängen zusammen wie die Kletten, aber bald werden sie sich bestimmt wieder einkriegen und sich an uns Übrige erinnern«, sagte Maya sehr weise für ein Mädchen, das noch nie einen Freund gehabt hatte. Aber Maya war in den meisten Dingen weise.

Abgesehen vielleicht von den Dingen, die sie selbst betreffen, dachte Chris, dem einfiel, was sie ihm in dieser Woche gestanden hatte.

»Ja, vermutlich hast du Recht«, sagte er und setzte einen Fuß vor den anderen, um die langsame Fahrt des Karussells beizubehalten.

»Ach, was ich dich noch fragen wollte – was wollte Nick eigentlich gestern von dir, als er dich zu sich gerufen hat?«, fragte Maya. Sie bezog sich auf ihr Treffen zur Mittagszeit im End.

»Nichts Besonderes«, erwiderte Chris, obwohl er sich von dem Jobangebot geschmeichelt fühlte. »Er hat mich gebeten ab und an im End auszuhelfen. Als Urlaubsvertretung und so.«

»Ist ja super!«, rief Maya. »Warum hast du uns das nicht gestern schon erzählt?«

»Dazu hatte ich doch gar keine Gelegenheit, oder?« Chris grinste.

»Ich weiß, was du meinst«, sagte Maya reumütig. »Sonja und Sabrina haben sich derart ausgiebig mit Nicks Liebesleben und meinem Nicht-Liebesleben befasst, da war für andere Dinge keine Zeit mehr.«

»Jedenfalls bin ich froh, dass dir . . . diese Veranstaltung, zu der du gegangen bist, so großen Spaß gemacht hat«, sagte Chris, der spürte, dass Maya lieber das Thema wechseln wollte. Andererseits wollte sie bestimmt nicht, dass der Fotoklub vor ihrem Bruder erwähnt wurde, wenn sie ihn vor ihrer Familie geheim hielt. »Hört sich interessant an.«

»Interessant wird's mit Sicherheit.« Maya lächelte, dankbar für seine Diskretion. »Ich glaube, genau das habe ich im Augenblick gebraucht. Es hat mir sehr gefehlt, etwas Kreatives zu machen, verstehst du?«

Chris nickte. Der Gedanke, keine Songs schreiben zu können, war der reine Horror für ihn. Er konnte sich nicht vorstellen, wie es war, so strenge Eltern zu haben wie Maya und auf die Dinge verzichten zu müssen, die einem wirklich am Herzen lagen. Er seufzte erleichtert, weil er eine so normale, gutmütige Mutter hatte, auch wenn sie ihn manchmal mit ihrer Anhänglichkeit auf die Palme brachte.

»Das Problem ist nur«, sagte Maya besorgt, »dass ich keine geeignete Kamera besitze.«

»Eine von diesen Riesendingern mit den Objektiven, an denen man drehen kann?«, fragte Chris. Er dachte an die schwarzsilberne Konica, die seinem Papa gehörte und die er als Kind immer bewundert hatte.

»Ja, genau. Der Klub hat ein paar Kameras, die man sich leihen kann, aber ich bin zu spät eingetreten. Sie waren schon alle vergeben.«

»Keine Sorge«, sagte Chris, dem eine Idee kam. Dieser Fotoklub war Maya sehr wichtig – das merkte man gleich –, und Chris wollte ihr gern helfen. »Ich könnte dir eventuell eine beschaffen. Eine Leihgabe für den Anfang.«

»Aber wie denn?«

Ehe Chris antworten konnte, war eine kleinlaute Stimme zu hören.

»Maya, mir ist schlecht . . .«

8. Kapitel

»Chrissy« beißt die Zähne zusammen

Chris stieg aus dem Bus, schaute sich auf dem malerischen Dorfplatz um und seufzte. Er kam sich vor, als wäre er in Legoland gelandet.

Abgesehen von den Spielzeughäusern, die den Platz säumten, wetteiferten ein Geschenkshop und ein Café darum, wer über mehr süßlichen Charme verfügte: Beide Schaufenster waren mit runden Spitzengardinen und zierlichem Nippes dekoriert.

So wie Papas Haus, dachte Chris verächtlich, als er sich die Sporttasche über die Schulter hängte und in die Straße einbog, die zum Bungalow seines Vaters führte.

So gern er an diesem Wochenende auch an jedem anderen Ort gewesen wäre, nur nicht hier, war Chris doch über eines froh: Er hatte seinen Vater dazu überreden können, ihn auf eigene Faust herkommen zu lassen. Ursprünglich hatte sein Papa ihn zu Hause abholen wollen, was zweifellos bedeutet hätte, dass Barbara die ganze vierzigminütige Fahrt ununterbrochen geredet hätte, und diese Tortur wäre zu viel für Chris gewesen.

Als er den blumengeschmückten Garten erreichte, bemerk-

te er, dass seine Füße bleischwer wurden, als hätte jemand Sandsäcke an ihnen festgebunden.
Es ist so weit, sagte er sich. Sag einfach nur Ja, Nein und lächle, dann ist es bald vorbei. Bis zum nächsten Mal, wenn ich gezwungenermaßen wieder herkommen muss . . .
»Chrissy! Juu-huu!«
Eine lächelnde, ein wenig mollige Frau mit Gartenhandschuhen tauchte aus einem blühenden Strauch auf.
»Hallo, äh . . .«
Sosehr er sich auch bemühte, Chris brachte es nicht über sich, ihren Namen auszusprechen. Es waren vier Jahre vergangen, seit sein Papa sich mit Barbara zusammengetan hatte, und doch half ihm der Gedanke, dass er auf Dauer mit ihr zu tun haben würde, nicht, sich daran zu gewöhnen, sie mit Namen anzusprechen. Wenn er mit seinem Vater redete, konnte er sich bestenfalls ein »sie« oder »deine Freundin« abringen.
»Robbie! Oh, Robbieyyyy! Chrissy ist da!«, trällerte sie.
Und das war noch ein Punkt, der ihm auf die Nerven ging. Zunächst mal hieß er Chris – nicht Chrissy, und zweitens – wann hatte sein Papa jemals auf »Robbie« gehört?
Robert – so nennen ihn alle anderen; das ist der einzige Name, den er je akzeptiert hat – in der Zeit vor ihr, dachte Chris missmutig. Er erinnerte sich, wie sehr sein Vater es früher, in seinem alten Leben, gehasst hatte, wenn man eine Kurzform seines Namens benutzte. Bevor sie ihn in ein verliebtes Schoßhündchen verwandelt hat, das auf Jung macht . . .
»Chrissy! Hallo!«, sagte sein Vater fröhlich, der seitlich ums Haus herumging und sich die Hände an seiner Jeans abwischte. »Wir haben schon Ausschau nach dir gehalten – ich dachte, du hättest den früheren Bus genommen.«

»Bitte nicht, Robbie, Liebes! Die ist doch frisch gewaschen«, schimpfte Barbara gutmütig, bevor Chris etwas sagen konnte. Nicht, dass er eine überzeugende Antwort parat hatte; seine einzige Entschuldigung war, dass er im Bett gelegen und sich so sehr vor dem Besuch gefürchtet hatte, dass er nicht rechtzeitig aufgestanden war.

»Ach, Babsi –«

Babsi!, dachte Chris gequält. Da wird einem ja speiübel.

»Mach doch kein Theater! Ist doch bloß ein wenig Mehl«, gab sein Vater zärtlich zurück. »Magst du mexikanisches Essen, Chrissy? Das gibt's nämlich heute Abend.«

Chris zog das Gartentor aus Metall hinter sich zu und nickte nur kurz. Das war noch so eine Sache – außer dem neuen Namen. Sein Papa war ein »neuer Mann« geworden, seit er mit »Babsi« angebändelt hatte. Er übernahm seinen Anteil an der Hausarbeit und genoss seine neue Verantwortung in der Küche geradezu.

»Komm doch rein! Lass mich dir das abnehmen«, sagte sein Papa munter und griff nach Chris' Tasche. »Ist schon eine ganze Weile her, nicht wahr, Kumpel?«

»Mhm.« Chris nickte gequält.

Nenn mich nicht Kumpel, sagte er im Stillen. Tu doch nicht so, als wären wir die engsten Freunde oder so. Als müsste ich verstehen, warum du dieses rosarote Landleben mit dieser Putte dem Leben mit Mama und mir vorziehst . . .

»Wie geht's . . . deiner Mutter?«

Als ob es dich interessieren würde, dachte Chris, während er seinem Vater in die Küche folgte.

»Ganz gut.«

»Also«, fuhr Robert Winter ein wenig unsicher fort. »Ich

hab mir gedacht, dass wir heute Abend so richtig gemütlich zusammen essen. Du weißt schon, nur wir drei . . .«

»Hm, ja.« Chris zog sich einen Küchenstuhl (komplett mit einem selbst genähten Kissen) von dem Tisch aus glänzendem Kiefernholz heran. »Die Sache ist die – ich hab später noch was vor.«

»Oh.«

Chris sah die enttäuschte Miene seines Vaters und war plötzlich befriedigt, dass er ihm einen solchen Seitenhieb versetzen konnte.

»Was . . . was hast du denn für Pläne?«, fragte sein Vater gespielt beiläufig.

»Mein Kumpel Mark – du kennst ihn nicht – macht ganz in der Nähe den DJ auf einer Party und ich helfe ihm.«

»Und wann musst du aufbrechen?«, erkundigte sich Barbara, die zu ihnen in die Küche kam. Im Flur hatte sie ihre kurze Unterhaltung gehört.

»Mark holt mich gegen sieben ab«, erwiderte Chris, der beobachtete, wie Barbara den Rücken seines Vaters massierte, so wie eine Mutter ein Kind trösten würde, das sein Lieblingsspielzeug zerbrochen hatte.

Was ist denn schon dabei?, fragte sich Chris. Worüber hätten wir den ganzen Abend schon reden sollen?

»Na schön, dann trinken wir jetzt mal Tee!«, verkündete sein Papa munter.

Hinter ihnen lag ein langer verkrampfter Nachmittag, den sie im laubengeschmückten Biergarten des Ye Old Boare Inn verbracht hatten.

Mann, was für langweilige alte Knacker, dachte Chris, als

sie in den Bungalow zurückkamen. Sein Papa – der schlimmste Langweiler von allen – hatte ihn von Stolz erfüllt allen anderen Yuppies vorgestellt, die das Stadtleben gegen ihre keimfreie Version des Landlebens eingetauscht hatten.

Die einzigen Gesprächsthemen, die ihnen einfielen, wenn sie allein waren – mit der ewig gibbelnden Barbara natürlich – waren die Schule (kein sonderlich interessantes Thema in den Ferien) und was Chris an seinem in Kürze bevorstehenden Geburtstag anfangen wollte. Was Chris sich im Grunde nur wünschte, war ein Sprung zurück in die Zeit, als Barbara noch nicht für seinen Vater gearbeitet und die Trennung ihrer Eltern herbeigeführt hatte. Aber da das natürlich nicht möglich war, zuckte Chris nur die Achseln und sagte, er wisse es noch nicht.

»Ich ziehe mir mal eben ein frisches T-Shirt an«, murmelte er und hoffte, dass er ein wenig Zeit im Gästezimmer vertrödeln könnte. (»Dein Zimmer!«, hatte Barbara getönt, als Chris sie vor etwa zwei Jahren zum ersten Mal in ihrem neuen Heim besucht hatte.) Chris war dankbar für alles, was ihm half die Zeit schneller verstreichen zu lassen.

Chris kramte in der Sporttasche, die am Fußende des Bettes stand, und holte ein sauberes, aber zerknittertes Shirt in schlichtem Dunkelblau heraus. Während er das alte auszog und in das neue schlüpfte, sah er sich zufällig in dem ovalen Spiegel mit Goldrand, der über der Kommode hing.

Ich sehe aus wie ein verdrossener Dreizehnjähriger. Chris verzog das Gesicht, als er den gequälten, wütenden Ausdruck erkannte, der seit der Trennung seiner Eltern sein ständiger Begleiter war. Er hatte es gehasst, wie er sich da-

mals gefühlt hatte – verlassen, verwirrt, von stummem Zorn erfüllt –, und er hasste es auch jetzt, Reste des alten, unglücklichen Chris vor sich zu sehen.
Chris wusste, dass es ihm nicht gegeben war, jemals ganz sorgenfrei und unbeschwert zu sein – das wäre er auch nie geworden, hätten seine Eltern sich nicht getrennt –, aber so, wie er jetzt war, gefiel er sich viel besser als mit dreizehn Jahren. Und das hatte er nur seinen Freunden und ihrer Akzeptanz all seiner Fehler und Schwächen, wie seiner Schüchternheit und Ungeschicklichkeit, zu verdanken.
Ollie . . . nun ja, Ollie war schon immer da gewesen – von Sandkasten und Wippe an –, aber der Wendepunkt war eingetreten, als sie sich vor drei Jahren im Sommer mit den Mädchen angefreundet hatten.
Ollie und Chris hatten sich regelmäßig in Nicks Café getroffen, ebenso wie Sonja, Sabrina und Kitty, die die Jungs flüchtig von der Schule kannten. Nach gutmütigen Diskussionen über das Thema, wer in der Fensternische sitzen durfte, hatten sie einen Kompromiss geschlossen und teilten seither den Tisch. Und so waren sie Freunde geworden.
Dann stieß Maya zu ihnen, im letzten Jahr gefolgt von Mark. Sie alle waren jetzt – außer seiner Mutter – seine Familie. Er gehörte zu ihnen, nicht zu diesem Mann, für den er nichts empfand, und seiner albernen, hohlköpfigen Freundin.
Als er sich das Gesicht rieb, wie um den gehässigen Ausdruck wegzuwischen, kam Chris plötzlich eine Idee, die vielleicht noch ein wenig mehr Zeit verstreichen lassen würde . . .
Er dachte kurz darüber nach, wo sein Vater seine Sachen aufbewahren mochte, dann kam er zu dem Schluss, dass

dieser – trotz seines neuen Images – ein Gewohnheitstier war.
Er durchquerte den Flur. Nachdem er sich kurz umgeschaut hatte, ob auch niemand in der Nähe war, schob er die Tür zum Schlafzimmer seines Vaters auf. Nach einem flüchtigen, gleichgültigen Blick auf den Spielzeugstapel, der auf der geblümten Tagesdecke lag, ging er zu dem Einbauschrank hinüber.
Dort öffnete Chris eine der Schiebetüren und stieß auf einen Wust geblümter Kleider, die zur Bettdecke passten: Barbaras Zeug. Er reckte den Hals, um das oberste Regal zu sondieren, fand dort jedoch nur weitere zusammengefaltete Klamotten in süßlichen Pastellfarben und überdies eine zusammengerollte Patchwork-Decke mit einem Muster aus den Buchstaben des Alphabets und kleinen Clowns.
Gott, wie alt ist diese Frau eigentlich? Sechsundzwanzig oder fünf?, dachte Chris höhnisch und schob die Tür mit einem dumpfen Knall wieder zu.
Dann öffnete er die andere Tür – Jeans, Kordhosen, bunt gemusterte Shirts, die er noch nie gesehen hatte, und einige vertraute Geschäftsanzüge. Auf Zehenspitzen stehend, kramte Chris in dem obersten Fach zwischen den alten Schuhkartons, die dort verstaut waren – genauso wie früher in dem Haus in Winstead.
Aha!, sagte sich Chris, als er mit den Fingern ganz hinten in einer der Schachteln kühles Metall ertastete. Volltreffer!
»Brauchst du Hilfe, Chrissy?«, fragte eine leise Stimme.
Chris fuhr herum und sah Barbara in der Tür stehen. Sie schaute ihn fragend an. Mit ihrem hellbraunen lockigen Haar, ihrem rundlichen Gesicht mit den Grübchen und ih-

rem zuvorkommenden Lächeln erinnerte sie ihn plötzlich an jemanden.

»Ich . . . ich hab – ich hab nur –« Er suchte krampfhaft nach den richtigen Worten und spürte, wie ihm der kalte Schweiß ausbrach. »Äh, ich hab einen Pulli oder ein Sweatshirt gesucht, das ich mir heute Abend leihen kann. Falls es später kühl werden sollte. Ich . . . ich hab keine Jacke mitgenommen.«

Lahm, lahm, lahm, dachte er, während er die schwere Kamera hinter seinem Rücken versteckte.

»Ich verstehe.« Barbara lächelte ihm zwar aufmunternd zu, er sah jedoch, dass ihr Blick von seinem Gesicht zu seinen Armen glitt. Hatte sie mitbekommen, wie er die Konica an sich genommen hatte? Würde sie etwas sagen?

Fast unmerklich zuckte Barbara die Achseln, dann sagte sie: »Na gut. Kommst du gleich? Der Kessel steht schon auf dem Herd . . .«

Sie hatte beobachtet, was er gemacht hatte, da war Chris sich ziemlich sicher. Dennoch ahnte er, dass sie nichts sagen würde. Weder zu ihm noch zu seinem Papa.

Sie will keinen Streit, deshalb will sie mich nicht zur Rede stellen. Sie will, dass alles »nett« bleibt, dachte Chris, der sie allmählich zu durchschauen glaubte.

Schlagartig wusste er, warum sie ihm plötzlich so bekannt vorgekommen war: Sie sah haargenau wie eine jüngere Version seiner Mutter aus.

9. Kapitel

Mitgefühl in rauen Mengen

»Ich glaube nicht, dass mir Blau steht«, sagte Maya misstrauisch, als sie ihren neuen Look unter die Lupe nahm – das Werk Sabrinas und ihrer Make-up-Utensilien.

»Aber natürlich steht es dir!«, rief Sabrina, trat in ihrem pflaumenblauen Seidenpyjama zurück und bewunderte ihr Produkt.

»Ja, es sieht toll aus!«, warf Sonja im Brustton der Überzeugung ein, obgleich Sabrinas Markenzeichen, der Lippenstift Himmlische Himbeere, und der übertrieben dick aufgetragene Lidschatten nicht besonders gut mit Mayas hellbrauner Haut harmonierten. Und ihr dichtes glänzend schwarzes Haar hatte auf Sabrinas Bemühungen, sie mit ihrem tragbaren Lockenstab zu formen, nur halbherzig reagiert.

Maya blickte zu Kitty hinüber in der Hoffnung auf eine ehrliche Antwort.

»Mmm«, machte Kitty unverbindlich. Sie hatte Sonja immer um ihr skandinavisches, gesundes gutes Aussehen beneidet und sie wusste, dass Sabrinas aufdringlicher Glamour alle Jungen schwach werden ließ. Aber Mayas natürlich schönes, minimal zurechtgemachtes Gesicht nötigte ihr die größte Bewunderung ab. Allerdings nicht, wenn sie so aussah wie heute Abend.

»Hör mal, Maya, wir wollen nur dein Bestes«, sagte Sonja, die in dem Berg Süßigkeiten und Einwickelpapier auf dem Teppich nach einem bestimmten Schokoriegel wühlte. »So toll du auch aussiehst, du musst allmählich mal herumexperimentieren; deinen Horizont erweitern, jetzt, da du auf den Geschmack gekommen bist dein Leben umzukrempeln.«

»Und jetzt, da Andi auf der Bildfläche erschienen ist!«, säuselte Sabrina spitzbübisch.

»Hört zu, ich habe es euch bereits gesagt«, begann Maya, halb gereizt, halb belustigt. »Ich bin ihm bisher nur einmal begegnet –«

»In einer kuscheligen Dunkelkammer!«, unterbrach Sabrina, die große, unschuldige Augen machte.

»– und ich fand ihn süß. Ende der Geschichte.«

»Na, du magst zwar protestieren, aber an dem, was Sabrina sagt, ist etwas dran.« Sonja nickte weise, ein Lächeln spielte um ihre Lippen. Es tat gut, Maya beinahe lachen zu sehen – zu Beginn der Woche hatte sie derart gestresst gewirkt. »Immerhin hast du bisher noch nie gesagt, dass du einen Jungen süß findest.«

»Und es ist höchste Zeit, dass du endlich mal einen Freund hast – es ist absurd, dass ein sechzehnjähriges Mädchen noch nie mit einem Jungen aus war«, sagte Sabrina, den Mund voll mit Knabberzeug. Jetzt, da ihre Arbeit getan war, stürzte sie sich erst mal aufs Essen.

»Es ist erstaunlich, mit wie vielen Jungs andere sechzehnjährige Mädchen schon unterwegs waren«, bemerkte Sonja spitz. Sie spielte auf Sabrinas ansehnliche Liste von Exfreunden an. »Meinst du nicht auch, Maya?«

Sie wandte sich Maya zu, die im Schneidersitz auf dem Bett saß und einen Pyjama aus dunkelblau und weiß gemustertem Gingham trug. In einer Hand hielt sie einen Spiegel, mit dem anderen Arm drückte sie einen flauschigen Eisbären – der seinen festen Platz auf dem Bett hatte – trotzig an ihre Brust. Maya brachte ein Nicken zu Stande und rümpfte über ihr Spiegelbild die Nase.

»Du bist ja bloß eifersüchtig, Sonny! Wann hattest du denn das letzte Mal einen Freund?«, hakte Sabrina nach.

Sonja warf ihr einen vernichtenden Blick zu. Und wenn sie auch schon lange nicht mehr mit einem Jungen zusammen gewesen war, seit . . . wie lange auch immer, ihr Leben stand hier nicht zur Debatte. Sabrina war auf dem besten Wege vom Hauptthema des Abends abzulenken: Maya.

Nach ihrem untypischen Gefühlsausbruch und Verhalten in dieser Woche hatten ihre drei Freundinnen beschlossen Maya auf der Pyjamaparty dazu zu bringen, sich über ihre familiäre Situation auszusprechen, wenn sie wollte (Kittys Vorschlag). Sie hatten abgesprochen, ihr eine Verschönerungsaktion angedeihen zu lassen, um sie aufzumuntern (Sabrinas Vorschlag). Sie hatten vorgehabt ihr zu sagen, sie solle sich hemmungslos über diesen Andi hermachen, wenn sie ihn mochte (definitiv Sabrinas Vorschlag).

Sonja griff nach dem nächstbesten Schokoriegel, ohne hinzusehen, riss das Einwickelpapier ab und biss durch die Schokolade in eine Füllung aus . . . Kokosnuss.

Bah! Gesüßte Pappe . . ., dachte Sonja und schnitt eine Grimasse. Sie schluckte schnell (ohne zu kauen), schob den angebissenen Riegel wieder in den Stapel aus Süßigkeiten und beugte sich zur Stereoanlage, um den Sampler aus sentimentalen Kuschelsongs, den Kitty aufgelegt hatte, gegen ein wenig flottere Musik auszuwechseln. Seit sie verliebt war, hatte Kittys Musikgeschmack sich eindeutig zum Schlechteren entwickelt.

»Hey, hör mal zu, hier ist dein Horoskop, Maya – mal sehen, ob was Gutes auf dich zukommt!«, sagte Sabrina und blätterte in einer Zeitschrift.

So ist es viel besser, dachte Sonja. Auf eins konnte man sich bei Sabrina immer verlassen: Sie kannte ihre eigenen Stärken und Schwächen und wusste zweifellos, dass sie verglichen mit Sonja und Kitty in Sachen Mitgefühl nicht viel zu bieten hatte. Zumindest demonstrierte sie mit dem Horoskop Hilfsbereitschaft.

Sonja ging einen Stapel Kassetten durch, fand etwas, das ihr gefiel, und schob es in den Rekorder. Sie spulte das Band zurück. Während sie wartete, bis das Zählwerk wieder auf null sprang, stand sie auf und ging zu dem mit Samt gepolsterten Fenstersitz hinüber. Mit halbem Ohr hörte sie zu, wie Sabrina begeistert Mayas Zukunftsaussichten vortrug. Sie hätte ein Vermögen als Synchronsprecherin für TV-Reklame verdienen können, das stand fest.

»›Waage. Dein Leben war festgefahren, aber jetzt bist du mutig genug nach neuen Herausforderungen zu suchen . . .‹«

Sonjas Zimmer war fantastisch, so wie der Rest des Hauses. Es war riesengroß und lag im oberen Stockwerk, sodass man auf die Baumwipfel drüben im Park blickte. Sogar jetzt in der Dämmerung konnte Sonja sehen, wie die letzten rotgoldenen Sonnenstrahlen sich an den dunklen Zweigen brachen.

Sie fuhr leicht zusammen, als sich der Kassettenrekorder ausschaltete. Dann stand sie auf, bückte sich und drückte auf die Play-Taste.

»›. . . wozu unter anderem gehören könnte, dass du einer neuen Liebe begegnest‹«, fuhr Sabrina dramatisch fort, »›. . . ohne dass du es darauf angelegt hast!‹«

Sonja ließ sich neben Kitty nieder, die mit angewinkelten Beinen auf dem Teppich hockte und ihre Knie umschlang. Mit großen Augen, völlig versunken hörte sie sich Mayas Horoskop an.

Man sehe sich nur an, wie Kitty dieses Zeug in sich einsaugt – seit sie in Ollie verknallt ist, sollte für sie am besten jeder verliebt sein!, dachte Sonja und schaute ihre Freundin liebevoll an. Das heißt, wenn sie uns nicht daran hindert, in Liebesfantasien zu schwelgen, weil sie unentwegt nur von ihm spricht . . .

»Oh!«, rief Kitty, als die ersten Takte eines Songs zu hören waren. »Ist das nicht der Sampler Die besten Alben der Welt? Eine von Ollies Lieblingsscheiben!«

»Mhm«, machte Sonja nur und versuchte sie einfach zu ignorieren. »Hey, Maya – ich hab dein Schwesterherz heute Nachmittag im End gesehen, mit einer Horde Schulkameradinnen. Sie haben eine furchtbare Schau abgezogen. Es ist ein Wunder, dass sie Anna nicht in den Wahnsinn getrieben haben.«

Maya verdrehte die Augen. »Das muss ihre Theatergruppe aus der Sommerschule gewesen sein – sie hatten heute Probe für irgendeine Aufführung.«

»Sie wird immer schlimmer, nicht wahr?«, fragte Sabrina. Benny kannten und liebten sie alle – so wie Kittys kleinen Bruder Lewis –, aber Sunita hatte sich bei der Clique nicht besonders beliebt gemacht. Sie war zu eingebildet, zu altklug. Und sie war eine kleine Schleimerin, so wie sie ihre Eltern um den kleinen Finger wickelte, während Maya mit unverminderter Strenge behandelt wurde.

»Das kann man wohl sagen«, bestätigte Maya. »Früher war sie nur nervtötend, aber inzwischen tut sie ganz erwachsen und ist irgendwie – ich weiß nicht – so berechnend geworden.«

»Inwiefern?«, fragte Kitty. Da sie nur mit dem liebenswerten Lewis zu tun hatte, konnte sie sich nicht vorstellen, wie es war, mit einer Schwester wie Sunny geschlagen zu sein.

»Na ja, als kleines Mädchen fiel sie mir nur auf den Wecker, aber jetzt ist sie einfach . . .« Maya schüttelte den Kopf und versuchte ihre Gedanken in Worte zu fassen. »Sie scheint mich die ganze Zeit zu beobachten. Als ob sie hoffte, dass ich einen Fehler mache oder ins Fettnäpfchen trete. Als würde sie einen Wettkampf mit mir austragen.«

»Merken deine Eltern das denn nicht?« Sabrinas mitfühlende Frage verblüffte die anderen.

»Nein.« Maya lächelte. »Ich bin die Älteste, deshalb muss ich am meisten einstecken. Sunny und Benny können in ihren Augen nichts falsch machen.«

Plötzlich kam Sonja zu dem Schluss, dass es keinen Sinn hatte, länger um den heißen Brei herumzureden. »Also, Maya, jetzt mal raus mit der Sprache – all diese Dinge, über die du neulich gesprochen hast – deine Eltern und so weiter. Wie lange fühlst du dich schon so?«

Maya erstarrte, blickte jedoch immer noch in den Spiegel. Dann zuckte sie die Achseln und wandte sich ihren Freundinnen zu. Sie schien etwas sagen zu wollen.
Stattdessen rollten zu jedermanns Überraschung – auch ihrer eigenen – zwei dicke Tränen über ihre Wangen.
»Nimm ein Stück Schokolade!«, sagte Sabrina erschrocken, weil ihr nichts Besseres einfiel.
»N-nein danke«, schniefte Maya, die sich zu fangen versuchte.
»Na los, nimm den letzten Schokoriegel.«
Maya schüttelte den Kopf, ihr schwarzes wirres Haar verbarg ihr Gesicht.
»Wie wär's dann mit Chips?«
»Lass das, Sabrina«, sagte Sonja und schaute Maya an, deren Unterlippe verdächtig zitterte. Sie stand auf und ließ sich neben ihrer Freundin auf dem Bett nieder, wo sie tröstend den Arm um sie legte. »Das passt gar nicht zu dir, Maya.«
Maya sah sie an und schüttelte den Kopf, dann versuchte sie ein ironisches Lächeln zustande zu bringen. Ihre Nase lief.
»Ein Taschentuch, Sabrina«, befahl Sonja und streckte die Hand aus. »Also, wo brennt's? Warum weinst du?«
»Weil ich mich schuldig fühle.« Maya zuckte die Achseln.
»Was meinst du damit?« Kitty raffte den schwingenden Rock ihres neuen ärmellosen weißen Baumwollnachthemds – sie hatte es gerade erst heute Nachmittag erstanden, als sie mit Maya einkaufen gegangen war – und näherte sich dem Bett.
»Nichts mache ich richtig!«, begann Maya zu erklären, wäh-

rend sie sich die Nase wischte. »Ich fühl mich grässlich, weil meine Eltern so streng sind, dass ich fast ersticke, und dann, wenn ich etwas finde, das mich aufmuntert – der Fotoklub zum Beispiel – kriege ich Gewissensbisse.«

»Weshalb denn?«, fragte Sabrina, die Gewissensbisse für reine Zeitverschwendung hielt, obgleich sie in der Vergangenheit so manches getan hatte, das sie hätte bereuen sollen.

»Weil ich Geheimnisse vor ihnen habe!«

»Aber Maya, meinst du denn wirklich, deine Eltern würden ausrasten, wenn sie von dem Fotoklub erführen?«, fragte Sonja. Sie war Maya Eltern schon häufig begegnet und sie waren zu ihr und den anderen wenn auch nicht herzlich, so doch stets höflich gewesen. Der Gedanke, dass sie Maya so unglücklich machten, war beunruhigend – ob sie es nun wussten oder nicht. »Du könntest ihnen doch versprechen, dass es keinen Einfluss auf deine schulischen Leistungen haben wird, wenn der Unterricht wieder anfängt.«

»Nein, damit würde ich nie durchkommen – sie würden es für reine Zeitverschwendung halten. Meine Eltern legen Wert darauf, dass mein Leben nach einem strengen Zeitplan verläuft. Sie halten es schon für mehr als fair, dass ich am Wochenende mit euch weggehen darf und so . . .«

»Na gut, dann musst du deinen Kurs eben vor ihnen geheim halten – aber es ist ja nicht so, als ob du eine Bank ausraubst oder so was Ähnliches! Es lohnt sich nicht, dass du dich deswegen so quälst«, wandte Sonja ein.

»Aber ich muss ja nicht nur wegen des Fotoklubs lügen!«, sagte Maya erregt. Inzwischen presste sie auch noch ein Kissen an ihre Brust und erstickte den Eisbären, den sie in den

Armen hielt. Seine schwarze Plastiknase ragte kläglich über das Kissen hinweg, als schnappe er angestrengt nach Luft. »Ich muss unentwegt lügen, um mir ein wenig Freiraum zu verschaffen. Ihr braucht euren Familien doch nicht ständig etwas vorzumachen, oder?«

»Nein, nein«, gab Sonja zu. Ihre Eltern waren cool und vertrauten ihr voll und ganz. Sie hatte keinen Grund zu lügen.

»Ich sehe meine Mutter viel zu selten, um sie anzulügen.« Sabrina zuckte die Achseln. »Und wenn wir uns in der Wohnung mal über den Weg laufen, dann konzentrieren wir unsere Energie auf richtig schöne, solide Schlammschlachten.«

Kitty schluckte und schob ihre Brille hoch. Sie wollte nicht zu eingehend über dieses Thema nachdenken: Erst vor ein paar Tagen hatte ihre Mutter ihr einen Vortrag unter der Überschrift »Nicht, dass es zwischen dir und Ollie zu ernst wird« gehalten. Kitty, die genau wusste, worauf ihre Mutter hinauswollte, hatte ihr versichert, dass sie nichts dergleichen im Sinn habe.

Was streng genommen nicht die Wahrheit war: Nur allzu oft fragte Kitty sich in letzter Zeit, wie es wohl wäre, mit Ollie zu schlafen. Nicht, dass sie es vorhatte oder so, aber dennoch . . .

»Möchte irgendjemand Kaffee?«, krächzte sie, um fliehen zu können, bevor jemand ihr schuldbewusstes Gesicht bemerkte.

»Weißt du, was dein Problem ist, Maya . . .?«

Sonja hielt kurz inne, als sie Kitty mit der Tür zu ihrem Zimmer kämpfen sah. Ungeschickt versuchte sie die Tür mit

dem Knie aufzustoßen. Ihr Nachthemd hatte sich um ihre Beine gewickelt und Kaffee schwappte auf das Tablett.
Kitty hielt inne und blickte auf die Szene, die sich ihr darbot. Die Matratze war von Sonjas Bett hinuntergezogen, ebenso die des Gästebetts. Beide lagen auf dem Fußboden, zusammen mit einer dritten Matratze, die Sonja irgendwo im Haus organisiert hatte, und einer aufgeblasenen Luftmatratze. (Irgendwann im Laufe des Abends hatte Sonja gesagt, dass sie auslosen würden, wer darauf schlafen musste, aber Kitty hatte das untrügliche Gefühl, dass dieses Schicksal ihr zugedacht war.) Die Matratzen waren kreuzförmig angeordnet, mit einem Zwischenraum in der Mitte, in dem sich die Überbleibsel des Schokoladenmarathons stapelten.
Sonja, Maya und Sabrina lagen einander zugewandt auf dem Bauch (auf den drei normalen Matratzen, wie Kitty ohne große Überraschung feststellte), um in entspannterer Lage die Rettet-Maya-Aktion zu planen.
»Stell das Tablett hier ab, Kitty, und komm zu uns«, sagte Sonja, fegte den Müll beiseite und zeigte dann auf die mit einer Decke belegte Luftmatratze. Sie hustete und bereitete sich darauf vor, ihre Ansprache zu Ende zu bringen.
»Hast du Kekse mitgebracht?«, unterbrach Sabrina an Kitty gewandt.
»Nein«, erwiderte Kitty in so gereiztem Ton, wie es ihr nur möglich war. Die Luftmatratze quietschte und rülpste, als sie eine bequeme Lage zu finden versuchte.
»Also«, sagte Sonja entschlossen, um die Aufmerksamkeit auf sich zu ziehen. Sie war selbst süchtig nach Fastfood, staunte jedoch immer wieder über Sabrinas Fähigkeit non-

stop zu essen. »Wie ich gerade sagte . . . Maya, dein Problem ist, dass du viel gescheiter bist als wir alle zusammengenommen. Ja, du bist sogar so gescheit, dass du verstecken konntest, wie elend du dich gefühlt hast. Aber letztlich ist das so klug wieder nicht, oder? Es einfach in deinem Innern zu verschließen?«

Maya klammerte sich immer noch an den Eisbären. Jetzt benutzte sie ihn als Kissen, halb lag er unter ihrer Brust, halb unter ihrem Kinn. Seine kleinen Glasaugen starrten leicht schielend auf Sonja und drohten jeden Augenblick aus den Höhlen zu springen.

»Ich schätze, du hast Recht . . .«

»Natürlich hat sie Recht«, erklärte Sabrina, während sie mit ihren langen, manikürten Nägeln durch die leeren Papierhüllen auf dem Fußboden fuhr.

»Außerdem bist du zu ernst«, fuhr Sonja fort. »Ich glaube, was du brauchst, ist –«

»Hey, wer hat den Kokosriegel angenagt?«, unterbrach Sabrina und schwenkte ihn in der Luft.

»– ist ein toller Abend in der Stadt nur unter uns Mädchen«, schloss Sonja, ohne auf Sabrinas Frage einzugehen.

»Was meinst du damit? Was für ein Abend in der Stadt?«, fragte Sabrina und warf den unbrauchbaren Schokoriegel über ihre Schulter.

»Ich meine tanzen, flirten, mal richtig ablachen . . .«

»Na, das machen wir doch oft genug auf Marks Partys.« Sabrina leckte sich die Finger.

»Nein, ich spreche davon, mal richtig auf den Putz zu hauen – in einen feinen Nachtklub wie das Enigma zu gehen.«

»Das wäre ein Spaß!«, prustete Sabrina los.

»Das Enigma? Der Klub drüben an der Bushaltestelle?«, fragte Maya schon munterer. »Da war ich noch nie.«
»Ja, Maya, und vergiss nicht, was am Schluss deines Horoskops stand«, warf Kitty aufgeregt ein.
Sie kramte in den Papierhüllen und fand die Zeitschrift wieder.
»›Und ein schöner Abend mit Freunden könnte voller Überraschungen sein!‹ Klingt perfekt!«
»Mann, wie aufregend«, sagte Sabrina begeistert.
Maya wollte den Kopf schütteln. Normalerweise war sie eher zynisch, was Horoskope betraf, aber ihre funkelnden Augen verrieten sie.
»Also gut, das wäre hiermit beschlossene Sache – es steht in den Sternen . . . oder wo auch immer. Wir gehen groß aus«, verkündete Sonja. »Am nächsten Freitag. Und keine Ausreden!«
Als die drei anderen kicherten und jubelten – sogar Maya vergaß sich eine Moment lang –, lächelte Sonja siegessicher und schob die Zeitschrift diskret unter die Matratze, auf der sie lag.
Es hatte keinen Zweck, die allgemeine Hochstimmung zu verderben, indem sie die anderen darauf hinwies, dass die Zeitschrift vom letzten November stammte und damit acht Monate alt war . . .

10. Kapitel
Ärger im Verzug

»Sieh jetzt nicht hin.«

Chris geriet in Panik und schaute in sämtliche Richtungen, welches Drama auf sie zukam.

»Chrissy! Ich sagte doch, nicht hinsehen!«, zischte Mark. »Jetzt sieh gefälligst mich an und tu so, als ob wir ein ganz normales Gespräch führen.«

Chris starrte Mark verständnislos an, der im Rhythmus der Nummer, die er aufgelegt hatte, mit dem Kopf wippte und dann etwas mit den Lippen formte.

»Wie bitte?«, fragte Chris. »Ich kann dich nicht hören!«

Mark verdrehte die Augen.

»Ich habe nichts gesagt, Chrissy – ich hab nur so getan, als ob!«

»Wieso?« Chris war jetzt völlig ratlos.

»Weil ich wollte, dass wir ganz lässig wirken, damit die beiden Mädchen, die auf uns zukommen, denken, wir hätten sie nicht bemerkt«, erklärte Mark mit zusammengebissenen Zähnen.

»Welche Mädchen?« Unwillkürlich fuhr Chris herum und blickte direkt in zwei lachende Gesichter.

Gott sei Dank ist das Licht hier gedämpft, dachte er, als ihm das Blut heiß ins Gesicht stieg. Zumindest konnte man nicht sehen, wie seine Wangen glühten.

Die beiden Mädchen standen grinsend da, dann warfen sie sich einen Blick zu, der etwa so viel besagte wie: »Wir wissen, was ihr denkt.« Sie waren fast identisch angezogen – beide im sexy kleinen Schwarzen –, offenbar die Sorte beste Freundinnen, die sich nicht nur genauso kleideten, sondern auch dasselbe dachten und genauso handelten.

»Hallo!«, stießen sie gleichzeitig hervor.

»Hallo!« Mark grinste und verbeugte sich spöttisch vor ihnen.

»Hallo«, wiederholten die Mädchen im Chor.

Chris brachte ein halbherziges Lächeln und ein Nicken zu Stande.

»Also du bist der DJ?«, fragte die eine der Hallo-Zwillinge, beugte sich vor und lächelte Mark eine Spur angesäuselt zu.

»Und ob«, sagte Mark aalglatt.

Was sollte er sonst sein, wenn er seit einer Stunde an diesem Tisch stand und Platten auflegte?, dachte Chris. Ein Astronaut?

»Lust zu tanzen?«, fuhr Hallo-Zwilling Nummer eins fort, stützte die Arme auf Marks metallene Plattenkiste und bot ihm – mit Absicht oder nicht – einen tiefen Einblick aus der Vogelperspektive in den Ausschnitt ihres schwarzen Paillettenkleids mit Spagettiträgern.

Sie könnte es sogar mit Sabrina aufnehmen, dachte Chris, als er sah, wie Hallo-Zwilling eins kokett ihr Haar zurückwarf.

»Geht leider nicht.« Mark zuckte gutmütig die Achseln.

»Ach, und warum nicht?«, fragte Hallo-Zwilling eins und

streckte die Unterlippe vor wie eine quengelige Sechsjährige.

»Ich bin der DJ. Ich sorge für die Musik, wisst ihr?«

Beide Hallo-Zwillinge brachen in blechernes Gekicher aus.

»Und was ist mit dir?«

Chris fuhr überrascht zurück – er hatte nicht damit gerechnet, plötzlich im Mittelpunkt der Aufmerksamkeit zu stehen.

»W-Was?«, stammelte er.

»Wenn er der DJ ist, was bist dann du?«, fragte Hallo-Zwilling zwei und warf ihr schulterlanges Haar zurück. Sie war zwar hübsch, hatte jedoch pfundweise Make-up aufgelegt, das leicht verwischt war, wie Chris feststellte, als er ihre babyrosa Lippen und ihre puderige Grundierung betrachtete. So wie bei Sabrina empfand er das überwältigende Bedürfnis mit dem Fingernagel eine Schicht abzukratzen, nur um sich das Vergnügen zu verschaffen darunter die nackte Haut zu sehen.

»Ich?« Chris scharrte mit den Füßen. »Nun ja, ich helfe ihm hier und da.«

Die beiden Mädchen sahen einander an und kicherten.

»Meinst du, dass du mir auch helfen könntest?«, fragte Hallo-Zwilling zwei, als ihre Freundin sie anstupste.

»Wie denn das?«

»Du könntest mit dem Geburtstagskind tanzen.«

Chris blickte sich in dem Festzelt um und hielt verzweifelt nach dem Mädchen Ausschau, das hier seinen achtzehnten Geburtstag feierte. Als Mark und er hier eingetroffen waren und die Ausrüstung aufgebaut hatten, saßen noch alle zu Tisch und prosteten sich mit Champagner zu. Ein Trink-

spruch wurde auf das elegante Mädchen ausgebracht, das eine rosarote Rose im aufgesteckten Haar trug.
»Wo ist sie denn?«, fragte Chris, der sie nicht unter den Tänzern und den Leuten, die sich in dem riesigen Zelt unterhielten, entdecken konnte. Er fragte sich, welches Interesse die Hallo-Zwillinge daran haben konnten, dass er mit ihr tanzte.
»Hey, du Schlafmütze!«, rief Hallo-Zwilling zwei und ihre Alkoholfahne stieg ihm in die Nase. »Ich bin's doch! Ich bin das Geburtstagskind!«
Chris starrte sie verwirrt an: Das echte Geburtstagskind hatte Klasse besessen. Dieses Mädchen hingegen war ebenso wie ihre Freundin im Laufe des Abends aus dem Leim gegangen. Recht attraktiv, ja, das musste Chris zugeben, aber zu beschwipst von dem Champagner, um noch ernst genommen zu werden.
Doch dann sah er die welke rosarote Rose, die sie sich ins Dekolletee gesteckt hatte.
»Dein Haar . . .«, murmelte er.
»Ach, das«, sagte Hallo-Zwilling zwei kichernd. »Zu viel Arbeit. Und du kennst ja sicher das Märchen – ›Rapunzel, Rapunzel, lass dein Haar herunter‹.«
Die Mädchen fingen wieder an zu kichern. Chris warf Mark einen flehenden Blick zu, als sie ihn fast gewaltsam auf die Tanzfläche zerrten.
Aber Mark grinste nur und streckte den Daumen hoch.

»Und dann hat sie versucht, mir ihre – ihre –«
»Was denn?«, fragte Mark und drehte sich lachend zu Chris um.

»Dann . . .« Chris starrte in das Scheinwerferlicht, das die pechfinstere Landstraße beleuchtete. Angewidert verzog er das Gesicht. »Dann hat sie versucht mir die Zunge in den Mund zu stecken!«
Mark konnte sich nicht helfen – er prustete los. Wenn es jemanden gab, der sich von einer Beschwipsten unter keinen Umständen anmachen lassen würde, dann war das Chris. Aber Alice – wie Hallo-Zwilling zwei in Wahrheit hieß – war zu blau gewesen, um das zu kapieren.
»Warum lachst du?«, fragte Chris. »Ich dachte, du wärst geknickt, weil ich die ganze Zeit im Mittelpunkt stand, auch wenn ich es gar nicht wollte. Das ist doch eher dein Fall, oder? Mädchen, die sich dir an den Hals werfen?«
»Keine Panik, Chrissy«, sagte Mark, als die Lichter des Dorfs vor ihnen auftauchten. »Ich habe eine nette kleine Überraschung für dich auf Lager.«
»Was denn?«, fragte Chris beunruhigt. Was kam jetzt wieder?
Die Straßenlaternen des Dorfs erschienen zu beiden Seiten des Wagens, als Mark die Hauptstraße entlang zum Platz fuhr.
»Alice und Stella –«
»Wer?«, unterbrach Chris.
»Alice! Die dir die Zunge in den Mund stecken wollte, ja? Und ihre Freundin. Erinnerst du dich?«, half Mark ihm lachend auf die Sprünge.
»Was ist mit ihnen?«
Chris hatte ein flaues Gefühl im Magen. Was Mark ihm auch zu sagen hatte, er ahnte, dass es ihm nicht gefallen würde.
»Am kommenden Freitag gehen wir mit ihnen aus.«

»Bist du wahnsinnig geworden?«, ächzte Chris, der sich an Alices Alkoholfahne und ihr dreckiges Lachen erinnerte. »Es hat mich all meine Energie gekostet, mir dieses Mädchen heute Abend vom Hals zu halten. Wieso sollte ich wohl mit ihr ausgehen wollen?«

»Weil mir ihre Freundin Stella gut gefällt, das ist der Grund. Und Alice sieht auch klasse aus.« Mark bog auf den stillen Platz ein und fuhr weiter zu der Abzweigung, die zum Haus von Chris' Vater führte.

»Mag sein – wenn sie nüchtern ist . . .«, grummelte Chris.

»Komm schon, es wird bestimmt lustig«, redete Mark ihm zu, der wusste, dass Chris sich nie auf dieses Date einlassen würde, wenn er ihm nicht kräftig Mut machte.

»Du willst mich wohl auf den Arm nehmen! Wieso sollte ich –«

»Chris!«

»Nein, lass mich aussprechen, Mark! Wieso sollte ich –«

»Chris – sieh mal«, unterbrach Mark erneut und wies mit dem Kopf nach vorn.

Chris folgte seinem Blick zu dem blitzenden Blaulicht des Krankenwagens, der vor dem Haus seines Vaters stand.

DER GROSSE Sugar TOP-TEST

Sehnst du dich nach Freiheit?

Arena

SEHNST DU DICH NACH FREIHEIT?

Mayas Unzufriedenheit hat den kritischen Punkt überschritten und sie kann an nichts anderes mehr denken. Aber das geht nicht nur ihr so. Bringen auch deine Eltern dich manchmal so richtig auf die Palme? Wünschst du dir mehr Mitspracherecht, was dein Leben betrifft? Dann füll diesen Test aus; mal sehen, wie du abschneidest . .

1 Behandeln deine Eltern dich oft wie ein kleines Kind?

JA – geh zu Nr. 2
NEIN – geh zu Nr. 3

2 Hast du das Gefühl, dass sie dir nie richtig zuhören?

JA – geh zu Nr. 3
NEIN – geh zu Nr. 4

3 Findest du, dass sie zu viel von dir erwarten?

JA – geh zu Nr. 4
NEIN – geh zu Nr. 5

4 Hast du den Eindruck, dass dein Leben von einem Stundenplan diktiert wird?

JA – geh zu Nr. 5
NEIN – geh zu Nr. 6

5 Setzen sie dich zu oft unter Druck?

JA – geh zu Nr. 6
NEIN – geh zu Nr. 7

6 **Hast du das Gefühl, dass du keine eigene Meinung haben darfst?**

JA – geh zu Nr. 7
NEIN – geh zu Nr. 8

7 **Versuchen sie, dich zu einer kleineren Ausgabe von sich selbst zu machen?**

JA – geh zu Nr. 8
NEIN – geh zu Nr. 9

8 **Geben sie dir oft das Gefühl, dass du sie enttäuschst?**

JA – geh zu Nr. 9
NEIN – geh zu Nr. 10

9 **Scheinen ihnen Zensuren wichtiger zu sein als du?**

JA – geh zu Nr. 11
NEIN – geh zu Auswertung 1

10 **Wünschst du dir, sie würden dir mehr Freiraum geben?**

JA – geh zu Auswertung 1
NEIN – geh zu Auswertung 2

AUF DER NÄCHSTEN SEITE FINDEST DU HERAUS, WIE DU ABGESCHNITTEN HAST…

ALSO, sehnst du dich nach Freiheit?

Auswertung 1

Deine Eltern treiben dich zum Wahnsinn – willkommen im Klub. Du musst einen Weg finden ihnen deinen Standpunkt begreiflich zu machen, ohne gleich Krach anzufangen: Zeig ihnen, dass du dann auf das hörst, was sie sagen, wenn sie das Gleiche für dich tun.
Wenn Maya ihre Eltern nur dazu bewegen könnte, sich einmal in ihre Lage zu versetzen …

Auswertung 2

Meistens ist dein Verhältnis zu deinen Eltern ganz erträglich. Aber es gibt auch Momente, in denen es dir zum Halse raushängt, dass sie dir ständig Vorträge darüber halten, worum es im Leben eigentlich geht. Klaro, du solltest dir ihre Meinung anhören – sie sich aber auch deine!!! Mayas Verhältnis zu ihren Eltern ist momentan sehr angespannt – werden sie jemals zulassen, dass sie erwachsen wird und auf eigenen Füßen steht?

11. Kapitel
Unangenehme Wahrheiten

Chris starrte auf das Telefon und versuchte durch schiere Willenskraft zu erzwingen, dass es läutete.
Das tat er schon seit zwei Stunden, als die Dunkelheit draußen vor dem Küchenfenster allmählich der Helligkeit der Morgendämmerung wich. Zuerst hatte Mark ihm Gesellschaft geleistet, ohne zu wissen, was er tun sollte, bis Chris ihm schließlich gesagt hatte, er solle ihn allein lassen.
»Eine Fehlgeburt«, hatte sein Vater nur gemurmelt, als er in seinen Wagen stieg, um dem davonbrausenden Krankenwagen zu folgen.
»Nichts«, hatte er Chris angefahren, als dieser die Wagentür aufhielt und fragte, was er tun könne.
»Nein!«, hatte er dann hervorgestoßen und die Tür zugezogen, als Chris anbot ihn ins Krankenhaus zu begleiten.
Wie erstarrt stand Chris auf dem Gehsteig, ohne zu registrieren, dass Mark neben ihm stand. Vier Jahre lang hatte Chris' Vater immer nur in schuldbewusstem Ton zu seinem Sohn gesprochen. Heute Abend schien er nur noch Wut zu empfinden.
Als er losfuhr, hatte Robert Winter das Fenster hinuntergekurbelt und ihm nicht ganz so schroff zugerufen: »Warte

am Telefon!« Und als der brave Sohn, der Chris tief im Innern immer noch war, hatte er diesen Befehl befolgt. Er wartete und dachte nach. Der Schädel dröhnte ihm von den Gedanken, die sich in seinem Kopf überschlugen. Schuldbewusste Gedanken.

Er dachte an den Moment, als er wie in Zeitlupe aus Marks Auto gesprungen war, von Panik ergriffen in den Krankenwagen gespäht hatte und zutiefst erleichtert war, als er sah, dass Barbara und nicht sein Vater dort lag. Er dachte daran, wie er am Tag zuvor mit seinem Vater gesprochen (oder vielmehr nicht gesprochen) hatte und sein Papa vermutlich versucht hatte ihm die Neuigkeit zu erzählen – die Dringlichkeit, mit der er ihn zu dem Wochenendbesuch eingeladen hatte, das besondere Essen, das er zubereiten wollte – all seine Bemühungen von Chris' miserabler Einstellung zunichte gemacht worden.

Er dachte an Barbaras Lächeln, als er die Kamera versteckte, die er sich für Maya ausleihen wollte. Sie hatte gewusst, was er tat, war jedoch zu nett, um ihn darauf anzusprechen.

Dann sah er wieder die Patchwork-Decke im Kleiderschrank vor sich – Barbara hatte Sachen für das Baby gesammelt. Und er hatte sie nur für kindisch gehalten.

Wirre Bilder von schreienden Babys gingen ihm durch den Kopf. Ein heulendes kleines Gör, das von Barbara verzärtelt und von seinem Papa verwöhnt wurde, der in seiner Rolle als neuer Vater plötzlich viel mehr Interesse an der Elternschaft entwickeln würde als beim ersten Mal.

Vielleicht ist es ja gut, dass dieses Baby nie zur Welt kommen kann, dachte Chris in einem Moment geistiger Umnachtung. Vielleicht bin ich ganz froh darüber.

Chris schauderte, als dieser schreckliche Gedanke in sein Bewusstsein drang, und wusste, dass es nicht zutraf. Sosehr er die traute Zweisamkeit zwischen Barbara und seinem Papa auch ablehnte – seit Jahren schon –, er würde ihnen nie eine derartige Katastrophe an den Hals wünschen.
Aber vielleicht bin ich ja daran schuld . . ., dachte er und litt, während er starr auf das stumme Telefon blickte.
Als ein Schlüssel sich im Schloss drehte, fuhr er auf, sein Puls raste. Mit schweren Schritten kam sein Vater in die Küche.
»Alles klar, Chris?« Er stand in der Tür, die Augen rot gerändert, und sah müde und plötzlich viel älter aus.
»Bei mir?«, piepste Chris fast vor Überraschung. Seine Kehle war wie zugeschnürt vor Anspannung. »Wen interessiert das denn jetzt? Was ist mit dir? Was ist mit . . . Barbara?«
Sein Vater zuckte die Achseln und stieß einen Seufzer aus, der sich beinahe schon wie ein Schluchzen anhörte. Chris dachte, dass er irgendetwas ansatzweise Nützliches tun sollte – einen kräftigen Tee kochen oder für seinen Papa (und für sich) einen steifen Drink mixen. Flüchtig erwog er sogar, den Raum zu durchqueren und seinen Vater zu umarmen – doch die erdrückenden Schuldgefühle hielten ihn auf dem Stuhl fest.
»Ihr – ihr geht's ganz gut«, sagte sein Vater, zog sein Jackett aus und warf es über eine Stuhllehne. Dann ließ er sich auf den Stuhl fallen. »Sie behalten sie noch eine Weile da, um sie durchzuchecken.«
»Aber das – das Baby . . .«, sagte Chris, der sich an Strohhalme klammerte und hoffte, dass die Ärzte im Krankenhaus wundersamerweise alles wieder in Ordnung gebracht hatten. Und das, obwohl er mit eigenen Augen die Indizien

gesehen hatte – durch den Türspalt hatte er einen Blick auf die blutigen Laken auf Barbaras Bett erhascht. Dieser schlimme Anblick war der Grund dafür, dass er den verdatterten Mark in barschem Ton weggeschickt hatte.
»Nein«, sagte sein Vater nur, schüttelte den Kopf und starrte auf das gemusterte Tischtuch, das Barbara am Abend zuvor für ihre überhastete Mahlzeit aufgelegt hatte. »Hör zu, ich glaube, ich lege mich mal ein Stündchen hin, okay?«
»Okay«, murmelte Chris völlig orientierungslos.

Als Robert Winter ein paar Stunden später in die Küche kam, duftete es dort nach Rührei und Toast. Er warf einen Blick auf die neuen Sonntagszeitungen, die auf dem Tisch lagen, und schaute dann seinen Sohn an.
»Ich war kurz im Laden, um ein paar Dinge zu besorgen. Dann hab ich schon mal Frühstück gemacht.« Chris blickte seinen Vater schüchtern an, während er die Teller aus dem Schrank holte.
»Danke, Chris«, sagte sein Vater und nahm sich einen Stuhl. Er sah über Chris' Schulter hinweg auf die Wanduhr. »Erst mal trinke ich nur eine Tasse Kaffee. Ich muss gleich im Krankenhaus anrufen, um zu hören, wie es Barbara geht. Hoffentlich kann ich sie heute wieder nach Hause holen.«
»Papa, ich . . .«, begann Chris.
»Ja?«
»Wie alt – ich meine, wie viele Monate?«, stammelte er verlegen.
»Fast fünf . . .«
Chris hielt inne.
Fast fünf Monate? So weit schon. Wieso habe ich ges-

tern ... Barbaras Bauch nicht gesehen?, fragte er sich, bevor es ihm plötzlich wie Schuppen von den Augen fiel. Im Stillen hatte er sie als Putte verhöhnt. Er war wohl dummerweise davon ausgegangen, dass sie nur immer dicker wurde.

So weit er ihr überhaupt Beachtung geschenkt hatte.

»Fast fünf Monate?«, wiederholte er laut. »Warum hast du denn so lange damit gewartet, es mir zu sagen?«

»Ich wollte es dir ja sagen«, begann sein Vater, stand auf und zog eine Schublade des Küchenschranks aus Kiefer auf. »Aber nicht am Telefon. Und du hast mir immer wieder Ausflüchte präsentiert, warum du uns nicht besuchen könntest.«

Chris war zu Mute, als hätte er ihm eine Ohrfeige gegeben. Aber es kam noch schlimmer.

»Nachdem wir das hier haben machen lassen«, fuhr sein Papa fort und hielt ein seltsam verwischtes kleines Schwarzweißfoto in die Höhe, »verstärkte ich den Druck auf deine Mutter dich zu uns zu schicken. Ich dachte, wir könnten gemütlich zusammen essen ... dir das hier zeigen ... und ich hoffte, dass du die Neuigkeit positiv aufnehmen würdest ... verstehst du?«

»Wusste Mama denn von dem Baby?«, fragte Chris leise, ohne den Blick von der Ultraschallaufnahme abzuwenden, die sein Vater in der Hand hielt.

»Nein – ich wollte es zuerst dir sagen. Und ... halte mich ruhig für einen Feigling, aber ich wollte dich um Rat fragen, wie ich es ihr am besten beibringe.«

Die Umrisse des Babys auf dem Bild wurden noch unschärfer, als Chris heiße Tränen in den Augen brannten – so schuldig fühlte er sich. Sein Vater hatte gehofft mit ihm wie mit einem Erwachsenen sprechen zu können, von Mann zu Mann, und Chris hatte sich wie ein beleidigtes, eigensinniges Kleinkind aufgeführt, ihr Glück kaputtgemacht und vielleicht sogar noch Schlimmeres angerichtet . . .

»Es ist meine Schuld«, murmelte Chris und ließ den Kopf hängen.

»Was? Was ist deine Schuld?«

Chris schaute in das verwirrte Gesicht seines Vaters und wischte sich wütend die kindischen Tränen ab, die ihm übers Gesicht liefen.

»Dass ihr das Baby verloren habt!«, stieß er hervor, angewidert von sich und seinem egoistischen Verhalten. »Hätte ich nicht alles verdorben, wäre ich gestern Abend nicht weggegangen, hätte ich euch nicht so aufgeregt –«

»Holla, Chris!«, unterbrach ihn sein Papa und hob die Hände. »Dass Barbara ihr Baby verloren hat – das hat nicht das Geringste mit dir zu tun!«

»Aber ich hab mich wie ein Vollidiot benommen! Sie muss doch – ich hätte –« Chris kämpfte, um seine Gedanken in Worte zu fassen. Ihm stand vor Augen, wie er gestern Abend das Essen in sich hineingeschlungen hatte, hier und da kurz angebunden ein paar Worte mit seinem Papa gewechselt und Barbara völlig ignoriert hatte, bevor er dann zur Tür hinauseilte, sobald er Mark hupen hörte.

»Ich hätte freundlicher sein müssen.«

»Chrissy! Ehrlich, all das hat nichts mit dir oder mit dem Wochenende zu tun!«, erklärte sein Vater erregt. »Fehlgeburten gehören zu den furchtbaren, unerklärlichen Dingen, die manchmal einfach passieren . . .«

Chris schüttelte den Kopf, zu tief in seine Schuldgefühle verstrickt, um seinem Vater zu glauben. Er sah nur immer die kleine Patchwork-Decke mit dem Alphabet vor sich, die er im Kleiderschrank gefunden hatte; die Decke, die jetzt niemals um ein neugeborenes Baby gewickelt werden würde.

»Aber –«

»Nichts aber! Barbara hat sich schon die ganze Woche nicht wohl gefühlt, deshalb ist es ganz und gar nicht deine Schuld, verstanden?«

Die beiden starrten sich wortlos über den Tisch hinweg an. Es war lange her, seit Chris seinen Vater anders als mit Verachtung angesehen hatte.

»Verstanden?«, wiederholte Robert Winter.

»Hm . . . verstanden«, sagte Chris, der sich endlich von den Beteuerungen seines Vaters erweichen ließ.

Er spürte die warmen Finger seines Vaters, als dieser seine Hand tätschelte, und ihm wurde plötzlich bewusst, dass dies der erste Körperkontakt mit seinem Vater war, seit dieser die Bombe der Trennung hatte platzen lassen.

»Mein Gott, Chris – ich kann nicht fassen, dass du die ganze Zeit hier gesessen und dir die Schuld gegeben hast!« Sein Vater seufzte, dann lächelte er ironisch. »Aber es ist wenigstens mal eine Abwechslung – bisher habe ich mir immer an allem die Schuld gegeben, was dir und deiner Mama zugestoßen ist.«

»Was?«, sagte Chris, der nach dem Gefühlsaufruhr der letzten Stunden völlig kraftlos und durcheinander war.

»Ich konnte nicht anders, Chris.« Sein Vater lächelte traurig. »Es war nicht so, als hätte ich mich nach einer schmutzigen kleinen Affäre umgesehen: Ich habe mich verliebt und konnte nichts dagegen tun. Man sucht es sich nicht selbst aus, wenn man sich verliebt, oder in wen. Es spielt keine Rolle, ob es richtig oder falsch ist. Das wirst du eines Tages selbst erfahren, wenn es dir passiert.«

Trotz seines Gefühlswirrwarrs dachte Chris an wilde rötliche Locken, ein süßes und natürliches Lächeln, bei dem Kitty ihre niedliche sommersprossige Nase auf niedliche Weise krauszog . . . ganz besonders wenn Ollie sie zum Lachen brachte. Plötzlich verstand Chris. Wie richtig oder falsch die Trennung auch gewesen sein mochte, seither musste sein Vater – dessen einziges Verbrechen darin bestand, jemanden zu lieben – jeden Tag die Last seines »Fehltritts« tragen.

Und vielleicht ist das zu viel verlangt von einem Menschen, dachte Chris und fragte sich, ob vielleicht die Zeit gekommen war seinem Papa gegenüber Milde walten zu lassen.

»Nichts ist nur schwarz oder weiß, verstehst du, Chrissy.« Sein Vater lächelte ihm traurig zu. »Nicht einmal das, was zwischen deiner Mama und mir vorgefallen ist.«

»Wie meinst du das?«, fragte Chris erschrocken.

»Na ja, es ist nicht so, als wäre deine Mutter in derlei Dingen ein unbeschriebenes Blatt.« Robert zuckte die Achseln.

Sogleich verpuffte Chris' versöhnliche Stimmung seinem Vater gegenüber und das Blut gefror ihm in den Adern.

12. Kapitel

Wozu hat man Freunde?

»Sonja?«

Anna stand vor ihr, in den Händen eine Teekanne und einen Korb mit Hörnchen für die alten Damen, die an dem kleinen Tisch am Musikautomaten saßen, den neuesten Klatsch austauschten und über ihre Krankheiten sprachen.

»Was liegt an?« Sonja lächelte der Kellnerin zu.

»Es geht um einen deiner Freunde, um Chris«, sagte Anna und wies mit dem Kopf zum rückwärtigen Teil des Cafés. »Er ist in der Küche und steckt bis zu den Ellbogen im Spülwasser.«

»Oh, ja, hatte ich ganz vergessen. Er hat heute angefangen hier zu arbeiten, nicht wahr?«, sagte Sonja.

»Ja, und es liegen so viele scharfe Messer im Spülbecken und er sieht so unglücklich aus – ich habe Angst, dass er eine andere Verwendung für sie findet, wenn du verstehst, was ich meine.«

»Wirklich? Was hat er denn?«

»Ich weiß nicht.« Anna zuckte die Achseln. »Und ich kenne ihn auch nicht gut genug, um ihn danach zu fragen. Du hast nicht zufällig Lust kurz zu ihm zu gehen und ihm auf den Zahn zu fühlen?«

»Doch, klar«, sagte Sonja und stand schnell auf. »Kann ich denn einfach zu ihm gehen? Ich weiß, dass Nick es nicht gern sieht, wenn Gäste sich im Küchenbereich herumtreiben.«
»Kein Problem. Der kommt vorerst nicht wieder und hier ist ohnehin nicht viel los, nachdem der Mittagsrummel sich gelegt hat.«
»Gut.« Sonja nickte und nahm die Zeitschrift vom Tisch, in der sie hatte blättern wollen, bis die anderen kamen. »Oh, Anna – Sabrina und Mark wollten sich hier mit mir treffen. Sag uns Bescheid, wenn sie kommen, ja?«
»Klar.« Anna lächelte, dann ging sie zu den beiden alten Damen, die schon ungeduldig den Kopf schüttelten.
Statt um den Tresen herum zu gehen und die Cappuccino-Maschine zu passieren, die die üble Angewohnheit hatte in den unpassendsten Momenten heißen Dampf auszustoßen, nahm Sonja den anderen Weg zur Küche. Im Durchgang zu den Toiletten stieß sie die Tür für das Personal auf.
»Hallo, Chris!«, rief sie munter an den gebeugten Rücken und die gekrümmten Schultern ihres Freundes gewandt.
»Hallo«, sagte Chris tonlos und warf ihr nur einen flüchtigen Blick über die Schulter zu.
»Und – wie lässt sich dein erster Tag so an?«, erkundigte sich Sonja in demselben munteren Ton, indem sie zu ihm ging und sich mit dem Hinterteil an das Abtropfbrett lehnte. Jetzt konnte Chris ihr nicht mehr ausweichen.
»Ganz gut«, erwiderte er, starrte jedoch standhaft auf die mit Seifenschaum gefüllte Spüle und den Topf, den er scheuerte.

»Und das Wochenende? Wie war's bei deinem Vater?«
Chris sagte nichts, hielt jedoch jäh inne.
»Hör mal«, sagte Sonja leise. »Ich hab heute Morgen mit Mark telefoniert – er hat mir erzählt, dass die Freundin deines Vaters ihr Baby verloren hat . . .«
Chris hob unglücklich die Schultern und ließ sie dann wieder sinken.
»Das muss schlimm gewesen sein, aber wenigstens warst du ja für deinen Papa da.«
Sonja bemerkte, dass er kaum reagierte – anscheinend hatte sie nicht auf den richtigen Knopf gedrückt.
»Es muss komisch für dich sein – der Gedanke, dass du beinahe einen kleinen Bruder oder eine kleine Schwester gehabt hättest . . .«
Chris trat von einem Fuß auf den anderen und daran erkannte Sonja, dass sie genug gesagt hatte; jetzt war Chris am Zug.
»Ja, das hat mich ziemlich umgehauen . . .«, sagte er schließlich, ohne Augenkontakt aufzunehmen. »Aber es geht um mehr als nur um das – das Baby.«
»Um was denn? Was ist los, Chrissy?«, fragte sie geduldig. Wie Maya musste man Chris erst aus der Reserve locken, ehe er seine innersten Gefühle preisgab.
»Ich will eigentlich nicht darüber reden«, sagte er und blickte Sonja verständnisheischend an.
»Und Ollie? Hast du mit ihm darüber gesprochen, was . . . was passiert ist?«, fragte sie, da sie wusste, wie nah die beiden Jungen einander standen.
»Nein.« Chris schüttelte den Kopf. »Der ist im Moment ziemlich beschäftigt.«

»Beschäftigt?«, fragte Sonja, die zuerst nicht wusste, was er meinte. »Oh, ich verstehe. Zum Beispiel mit Kitty, wie?«
»Ja.« Chris nickte, die Andeutung eines ironischen Lächelns spielte um seine Lippen. »Sobald seine Schicht beendet war, ist er in die Stadt gedüst, um ihr ein Geschenk zu ihrem Jahrestag zu besorgen – sie sind jetzt einen Monat und drei Tage zusammen oder so.«
Sonja lachte. Wenn Chris immer noch zu Witzen aufgelegt war, dann konnte es noch nicht so schlimm um ihn stehen. Trotzdem finde ich es unmöglich, dass sein bester Freund keinen Blick dafür hat, wie Chrissy zu Mute ist, dachte sie gereizt.
»Na, ich gehe jedenfalls nicht weg, Chris, ich kann zuhören«, sagte Sonja, glitt an der Spüle entlang und stieß frech mit ihrer Hüfte gegen seine.
»Schon gut.« Chris lächelte reumütig. »Ich behalt's erst mal für mich. Nimm's mir nicht übel.«
»Wie du willst.« Grinsend fing Sonja Seifenblasen mit der Hand und tupfte sie auf seine Nase.

Als Nick zurückkam, bereitete Chris sich darauf vor, durch die Hintertür das Café zu verlassen. Er wollte nicht durch das Lokal gehen für den Fall, dass Sonja und die anderen noch da waren – umgeben von den gackelnden Babysittern und Babys, die sich zum Teetrinken und Quengeln versammelt hatten. Sonja, die nahezu vor gutem Willen platzte, würde es darauf anlegen, ihm ein volles Geständnis zu entlocken. Erneut.
»Danke für heute, Chris. Morgen zur selben Zeit?«, fragte Nick, während er seine weiße Schürze zuband.

»Ja, sicher.« Chris nickte. Er schob die massive Tür auf.
Als er auf den winzigen Hinterhof trat, empfingen ihn drei bekannte Gesichter.
Sonja, Sabrina und Mark hockten auf alten Milchkartons und warteten auf ihn.
»Überraschung!«, kreischte Sabrina unpassenderweise.
»Du dachtest doch wohl nicht, dass wir dich allein grübeln lassen würden, oder?« Sonja grinste, während Mark neben ihr verlegen mit den Achseln zuckte.

Chris ließ sich von ihnen zu einem ihrer Lieblingsplätze am Fluss führen. Die anderen drängten ihn keineswegs dazu, über das Wochenende zu sprechen, sondern er saß da und hörte zu, wie Sabrina und Mark ihre jeweilige problematische familiäre Situation miteinander verglichen.
»Oh nein.« Sabrina schüttelte den Kopf. »Meine Lage ist viel, viel schlimmer als deine.«
»Soll das ein Witz sein?«, konterte Mark, der den Köder schluckte, aufgebracht. »Meine Mutter konzentriert sich derart auf ihre hübschen kleinen Töchter in ihren rosa Kleidchen und ihr rundum perfektes neues Leben, dass sie keine Zeit hat sich mit ihrem von Ängsten und Akne geplagten Sohn abzugeben.«
»Wann hast du denn jemals unter Akne gelitten, Herr Schönling?«, unterbrach Sonja, die gegen die Sonne anblinzelte und in Marks attraktives Model-Gesicht starrte.
»Bevor ich euch kennen lernte, Leute«, erwiderte er. »Ich war nicht immer so gut aussehend, wisst ihr.«
»Oh Gott!«, stöhnte Sabrina über seine gespielte Arroganz und bewarf ihn mit einer Hand voll Grashalme.

Nachdem Mark das Gras ausgespuckt hatte, das ihm an Zähnen und Lippen klebte, fuhr er fort.
»Schon vor ihrem Auszug entschieden sie und Papa sich dafür, mich in ein Internat zu schicken, das nur eine Straße weiter lag! Wie würdet ihr euch fühlen, wenn eure Eltern das getan hätten? Und ich gehe jede Wette ein, dass meine kostbaren Halbschwestern später nicht in irgendein abartiges Internat abgeschoben werden . . .«
Chris nickte, während er winzige Steinchen in den Fluss warf. Ihm war klar, dass all dies ihm zuliebe erörtert wurde. Sie versuchten ihn über seine eigene kaputte Familie hinwegzutrösten.
»Ja, gut«, räumte Sabrina ein. »Aber wenigstens weißt du und Chris, wo eure Eltern jeweils stecken. Ich wüsste nicht mal, wo ich nach meinem Papa suchen sollte – er könnte ebenso gut in Rio wie in London leben. Er könnte Bigamist sein, mit der vierten Ehefrau zusammenleben und genug neue Kinder haben, um eine Fußballmannschaft aufzustellen. Oder er könnte auch tot sein.«
Chris schauderte bei diesem letzten makabren, aber durchaus vorstellbaren Szenarium. Seine eigene wenn auch äußerst unerfreuliche Situation relativierte sich dadurch.
»Schon gut, schon gut«, gab er nach. »Ich weiß, ihr wollt alle wissen, was passiert ist.«
»Ja, aber nicht, weil wir Klatsch hören oder deine Geschichte an die Zeitung verkaufen wollen«, sagte Sonja und setzte sich aufrecht hin. »Wir wollen Bescheid wissen, weil du uns wichtig bist und weil du ein grässliches Erlebnis hinter dir hast.«
»Ich weiß.« Chris seufzte. Ihm platzte fast der Kopf von der

Anstrengung, für sich zu behalten, was sein Vater zu ihm gesagt hatte. »Na ja, was am Wochenende passiert ist . . . hat dazu geführt, dass mein Papa und ich uns unterhalten haben. Zum Beispiel darüber, warum er uns verlassen hat.«

»Das ist doch gut, oder?«, fragte Sonja hoffnungsfroh.

»Ja, schon. Aber dann hat er etwas über meine Mutter gesagt. Er sagte . . .« Chris atmete tief durch. »Er sagte, er sei nicht der Einzige gewesen, der fremdgegangen wäre. Sie soll sich auch mit einem anderen Typ eingelassen haben.«

»Deine Mutter?«, kreischte Sabrina ungläubig. »Aber deine Mama sieht doch aus wie eine – eine Lehrerin von der Sonntagsschule, so brav und wohlerzogen! Das Wort ›hausbacken‹ wurde speziell für deine Mutter erfunden! Ihre Chancen, eine Affäre zu haben, sind in etwa so groß wie die des ohnmächtigen Schneewittchen. Sie ist –«

»Und deine Chancen, taktvoll zu sein, sind in etwa so groß wie meine, heute Abend mit Michael Owen auszugehen!«, fuhr Sonja auf. Sie versuchte den Schaden zu begrenzen, den das lose Mundwerk ihrer Cousine angerichtet hatte.

»Hat er dir auch gesagt, mit wem sie fremdgegangen ist? Oder wann?«, fragte Mark.

»Nicht genau.« Chris zuckte die Achseln, obwohl er der ganzen Sache alles andere als gleichgültig gegenüberstand – er hatte kaum geschlafen, weil es ihm immer wieder durch den Kopf gegangen war. Seine geplagte, gedemütigte Mutter hatte genau dasselbe getan wie sein Vater? Es wollte ihm nicht in den Kopf.

»Er sagte, ich müsste sie schon selbst fragen, wenn ich mehr wissen wollte.«

»Und hast du es getan?«

Chris sah Sonja und seine beiden anderen Freunde an und fühlte sich ein wenig getröstet durch ihr Verständnis.
»Nein.« Er schüttelte den Kopf. »Das bringe ich nicht.«
»Herrje, Mark«, sagte Sabrina, schaute Mark an und tätschelte seine Hand. »Wenn man das hört, kommt alles wieder hoch, nicht wahr?«
Als Chris sah, wie sich seine beiden Freunde, die sich normalerweise spinnefeind waren, in die Augen schauten, war er sich nicht sicher, ob Sabrina über familiäre Probleme oder etwas ganz anderes sprach . . .

13. Kapitel

Bitte lächeln!

»Das macht Spaß!«
»Benny, komm her«, ermahnte Maya ihren Bruder sanft und zog seinen ausgestreckten Arm von dem Bullen mit den wilden Augen und den alarmierend großen Hörnern weg.
»Hey, Maya, ich nehm ihn dir jetzt mal eine Zeit lang ab. Du hast bisher doch noch keine Bilder machen können, oder?«
Maya lächelte Roses Nichte an.
»Danke, Clarissa«, sagte sie und kramte in ihrer Tasche nach ihrer Geldbörse. »Hier ist etwas Geld, damit kann er sich ein Eis kaufen . . .«
»Ja, und später gehe ich mit ihm zur Sprungburg, also lass dir Zeit. Wir treffen uns dort, wenn du fertig bist.«
Die Sprungburg lag am anderen Ende des Geländes, auf dem die Agrarausstellung stattfand, aber das Gebrüll der hüpfenden Kinder konnte man trotz des Lärms der Dampfmotoren, der mechanischen landwirtschaftlichen Geräte und der muhenden Kühe deutlich hören.
Maya seufzte erleichtert bei der Aussicht auf ein wenig Freiheit und schaute sich in dem bevölkerten ländlichen Park um. Wo sollte sie beginnen?

Als der Fotoklub sich am Nachmittag vor dem Minibus versammelt hatte, wies Alex sie eindringlich auf das Potenzial der Agrarausstellung hin.

»Ich weiß, es klingt öde, aber denkt darüber nach«, hatte er gesagt, als einige der Kursteilnehmer aufstöhnten, nachdem er das Ziel des Ausflugs bekannt gegeben hatte. »Ja, es hat zwar keinen Glamour, aber zu solchen Ausstellungen gehen die verschiedensten Leute, deshalb könntet ihr tolle Porträtaufnahmen für den Wettbewerb einfangen.«

»Ob sie auch Fotos von Schafen akzeptieren?«, fragte ein Junge hinten im Bus, an dessen Namen Maya sich nicht erinnern konnte.

»In den Regeln steht nichts, was dagegen spräche«, hatte Alex gewitzelt. »Aber mal abgesehen von den Tieren, denkt an die Menschen, die ihr dort sehen werdet: Raubeinige alte Farmer, nette alte Damen, die selbst gemachte Marmelade verkaufen, ja, sogar kleine Brüder von Teilnehmern!«

Er warf Maya einen liebenswürdigen Blick zu, die Benny hatte mitnehmen müssen, weil sie nicht wusste, wo sie ihn sonst lassen sollte.

»Oh, Benny«, sagte sie leise, als sie auf ein großes Leinwandzelt zu ihrer Linken zusteuerte, in dem nach der Reklame eine Blumen- und Gemüseausstellung stattfinden sollte. Nachdem ihr ihre Freundinnen am Samstag während Sonjas Pyjamaparty die Gewissensbisse ausgeredet hatten, war jetzt, da sie ihren kleinen Bruder in die Sache hineingezogen hatte, wieder alles da, und zwar mit doppelter Kraft. Jetzt würde er auch noch lügen müssen.

»Benny, du verstehst doch, ja?«, hatte sie im Bus zu ihm gesagt. »Du darfst niemandem etwas verraten, hörst du? Weder Mama und Papa, noch Sunny oder deinen Freunden – alles klar?«

»Und Rose? Kann ich es ihr erzählen?«, fragte er und schaute aus seinen ernsten großen Augen zu ihr auf.

»Nein, nicht mal Rose«, hatte Maya entschlossen gesagt. Sie wusste zwar, dass Rose ihr Geheimnis für sich behalten würde – zumal sie sie ja selbst erst auf die Idee mit dem Klub gebracht hatte –, wollte ihre liebenswerte Freundin jedoch nicht in Schwierigkeiten bringen, falls ihre Eltern ihr irgendwann auf die Schliche kamen.

Vorher fragen, vorher fragen, schärfte sie sich Alex' Rat für potenzielle Schnappschüsse ein, als sie über das Gelände schlenderte.

Die Konica, die Chris ihr gestern gegeben hatte (er sagte, sein Vater benutze sie so gut wie nie und leihe sie ihr gern) fühlte sich beruhigend schwer und professionell an. Heute Morgen hatte sie sich eine Zeit lang in ihrem Zimmer mit Lichtmesser und Brennweite vertraut gemacht. Jetzt brauchte sie nur noch jemanden zu finden, den sie fotografieren konnte.

In die etlichen Filmrollen mit Schnappschüssen, die sie auf gut Glück mit ihrer schlechten alten Kamera auf Sonjas Party am Samstag gemacht hatte, setzte sie keine großen Hoffnungen. Sie rechnete nicht mit einem Wunder, wenn sie die Gelegenheit bekam die Fotos später (sobald sie Benny wohlbehalten zu Hause abgeliefert hatte) in der Dunkelkammer des Klubhauses zu entwickeln.

Die Zeit läuft, sagte sie sich und suchte im Gewühl nach geeigneten Gesichtern für Porträts. Ich muss heute unbedingt was auf meinen Film bannen!

Als sie sich dem Zelt näherte, wurde sie fündig: Zwei alte Bauern, die an einem Metallzaun lehnten und so fanatisch eine seltene Schweinespezies inspizierten, wie Ollie Handbücher über historische Vespas verschlang.
»Verzeihung«, unterbrach sie die Männer. »Ich arbeite an einem Projekt für einen Fotoklub. Hätten Sie etwas dagegen, wenn ich ein Bild von Ihnen mache?«
Die Männer betrachteten sie, als gehöre sie einer seltenen Spezies an – erstaunt, misstrauisch und verlegen. Sie brauchte eine Zeit lang, um den Grund herauszufinden. Abgesehen von diesem oder jenem Rabauken an der Schule, ob in der Stadt oder hier in Winstead, war sie für alle, denen sie begegnete, nur Maya. Diesen mürrischen alten Männern erschien es schon eigenartig genug, von einem jungen, hübschen Mädchen angesprochen zu werden; wie sie mit einem jungen, hübschen asiatischen Mädchen umgehen sollten, wussten sie erst recht nicht.
»Maya? Darf ich dir was zeigen?«, brach eine Stimme die angespannte Stille.
Maya drehte sich um und entdeckte Andi.
»Klar, Andi.« Sie nickte eifrig, bestrebt so schnell wie möglich diesen so befremdlich starrenden Männern zu entkommen. Sie folgte Andi, der sie zu einem altmodischen Hau-den-Lukas-Gerät führte.
»Entschuldige, dass ich mich eingemischt habe, aber das sah nicht gut aus.« Er lächelte sie an und schaute mit seinen durchdringenden blauen Augen tief in die ihren. »Außerdem könnte ich Hilfe brauchen . . .«
Maya sah zu, wie er schnell auf ein Metallgerüst kletterte und gefährlich auf der zweithöchsten Stange balancierte.

»Kannst du dich eben vor mich stellen, damit ich mich auf dich stützen kann? Ich möchte ein Foto von dem Typ da machen, wenn er mit dem Hammer zuschlägt . . .« Er zeigte zu dem bunt gestrichenen Hau-den-Lukas. ». . . und ich finde, dass es aus dieser Perspektive interessanter aussieht.«
»Natürlich«, erwiderte Maya und spürte bereits seine Beine im Rücken. Es fühlte sich komischerweise angenehm an, obwohl seine Knie sich in ihren Nacken bohrten.
»Maya?«, sagte Andi von seiner erhöhten Position aus, nachdem er ein paar Mal auf den Auslöser gedrückt hatte.
»Ja?«, fragte Maya und wandte vorsichtig den Kopf, um ihn nicht aus dem Gleichgewicht zu bringen.
Lächelnd schaute Andi sie an und stellte ihr dann eine Frage, die sie derart überraschte, dass sie ihn um ein Haar in hohem Bogen in den benachbarten Schafspferch befördert hätte.
»Könnten wir irgendwann nicht mal gemeinsam was unternehmen?«

14. Kapitel

Nichts da!

Alte Zeugnisse aus der Grundschule . . . eine alte vergilbte Zeitung, in der ein Foto der sechsjährigen Sunny in einer Theateraufführung ihrer Schule abgedruckt war . . . ein Packen bunter Filzstifte, die längst schon vertrocknet sein mussten . . . eine alte Kennmarke, die Tia, der Vorgängerin von Thommy, gehört hatte . . .

»Was machst du da?«

Als sie die Stimme ihrer Schwester hörte, klappte Maya den Deckel der Korbtruhe, die in dem Wandschrank in der Diele stand, zu.

»Ich schaue mir nur altes Zeug an«, sagte sie vage. Maya hatte wieder mal nach den Fotos des alten Schulprojekts gesucht, jedoch vergeblich.

»Was für ein Zeug?«, bohrte Sunny, die Arme trotzig vor der Brust verschränkt, als wäre sie Ally McBeal.

»Nichts Besonderes«, erwiderte Maya trocken, richtete sich auf und schloss den Schrank. »Aber jetzt muss ich mich fertig machen. Ich gehe heute Abend aus.«

»Wohin gehst du?«, fragte Sunny, die ihrer Schwester die Treppe hinauf nach oben folgte.

»In mein Zimmer«, sagte Maya, die hoffte Sunny mit einer kleinen Dosis Sarkasmus loswerden zu können.

»Nicht jetzt, ich meine, wohin gehst du heute Abend?« Sunny trottete ihr in ihr Zimmer nach und ließ sich auf Mayas Bett fallen.

»Ich unternehme was mit Sonja und den anderen zusammen. Wie immer freitagabends«, sagte sie achselzuckend. Maya hielt sich an eine kleine Regel: Wiederhole eine Lüge so selten wie möglich, damit du dich nicht gar so schlecht fühlst.

»Ja, aber wohin geht ihr?«, fragte Sunny und schlug träge mit einem Fuß gegen das Bett.

»Erst kurz ins End und anschließend ins Kino«, sagte Maya und gab sich innerlich einen Tritt: Sie hatte ihren Eltern bereits die Kino-Lüge aufgetischt, die sie jetzt auch noch weiter ausspann.

»In welchen Film geht ihr denn?«

»Das weiß ich noch nicht«, erwiderte Maya mit zusammengebissenen Zähnen, während sie ihre Klamotten aus dem Schrank holte.

»Und dazu willst du dieses Kleid anziehen?«

»Ja«, sagte Maya und schob die Träger ihres pflaumenblauen Seidenkleids vom Bügel.

»Ein bisschen sehr elegant, nur um ins Kino zu gehen, oder?«, fragte Detective Sunny, die sich auf dem Bett ausstreckte und ihre große Schwester ansah, als könne sie ihre Gedanken lesen.

»Aaaargh!«

Bevor Sunny das Verhör fortsetzen konnte, wurde sie von Thommy unterbrochen, der geschmeidig auf Mayas Bett sprang.

»Hallo, Schätzchen!«, gurrte Sunny und kraulte die Katze am Kopf.
Als Maya ihre Bluse aufknöpfte, um sich umzuziehen, fiel ihr auf, wie ähnlich sich Sunny und Thommy waren – dünn, langbeinig, große mandelförmige Augen, in denen der Schalk steckte. Beide waren hemmungslos neugierig und hatten das Talent stets zu bekommen, was sie haben wollten.
Aber wenigstens ist Thommy süß und liebenswert, dachte Maya, die sich daran erinnerte, wie oft Thommy sich zärtlich an ihre Beine schmiegte. An Sunny hingegen war nichts Süßes oder Liebenswertes.
Maya zog das Kleid über den Kopf, stieg aus ihrer Jeans und schlüpfte in ein Paar flache Riemchensandalen. Um Haar und Make-up würde sie sich später kümmern, im Café, wo sie sich mit den anderen zu ihrem gemeinsamen Mädchenabend treffen wollte – nicht nötig, Sunny zu weiteren Kommentaren nach dem Motto »Warum takelst du dich so auf?« zu provozieren, jetzt, da sie mit Thommy auf dem Bett spielte und abgelenkt war.
Sie hätte es fast geschafft.
»Was ist denn in der Tasche da?«, fragte Sunny, als Maya ihre kleine spitzenbesetzte Strickjacke nahm und ihre große schwarze Umhängetasche auf ihre Schulter hievte.
»Nichts«, log Maya erneut, ging hinaus und ließ krachend die Tür hinter sich ins Schloss fallen.

»Mann, was hast du denn da drin – Steine?«, stöhnte Sabrina, als sie Mayas Tasche in die Höhe hielt.
»Nein«, sagte Maya, die in die Hocke gegangen war, um

den Riemen an ihrer Sandale festzuzurren. »Das ist meine neue Kamera – das heißt, Chris' Kamera.«

»Die hättest du heute Abend aber doch zu Hause lassen können! Wie willst du denn tanzen, wenn du das Ding dabeihast?«, fragte Sonja enttäuscht. Als Animateurin des Abends wollte sie, dass alle Spaß hatten – und wenn Maya ihre Kamera mitgebracht hatte und vorhatte Fotos für ihren Wettbewerb zu machen, könnte dies dem Abend einen schweren Dämpfer verpassen.

»Ich hab mir gedacht, wenn nur wir Mädchen um die Häuser ziehen, voll aufgetakelt – das könnte doch tolle Motive für mein Projekt ergeben . . .«, erwiderte Maya reumütig. Sie stand auf und nahm Sabrina ihre Tasche ab, als die drei Mädchen weiter die Straße entlanggingen.

»Wir Mädchen ziehen um die Häuser? Ha! Es sind doch nur noch drei übrig.« Sabrina lachte verächtlich. Die Strassspangen in ihrem Haar glitzerten, als sie ihre blonden Locken zurückwarf.

»Ach, fang doch nicht schon wieder davon an!«, fauchte Sonja. Sie war genauso böse auf Kitty wie Sabrina, da sie deren Verdacht teilte, dass Kitty heute Abend nicht etwa einen Rückzieher gemacht hatte, weil sie erkältet war, wie sie behauptet hatte, sondern weil sie sich stattdessen einen gemütlichen Abend mit Ollie machen wollte. Nachdem das gesagt war, brachte es nichts, sich den Abend mit Klagen über ihre Abwesenheit zu verderben: Sie würden auch ohne sie ihren Spaß haben, hatte Sonja argumentiert.

»Hast du denn am Wochenende nicht genug Fotos geschossen?«, wollte Sabrina von Maya wissen und bedachte Sonja mit einem beleidigten Blick.

»Die sind nicht so toll geworden – da musste ich noch meine alte Kamera benutzen, deshalb war die Qualität der entwickelten Fotos ziemlich mies.«
»Und diese Ausstellung, die du am Mittwoch besucht hast? Hast du da nichts Interessantes vor den Sucher bekommen?«, warf Sonja ein.
»Die habe ich noch nicht entwickelt«, erwiderte Maya und hängte sich die Tasche über die andere Schulter. Eines musste man ihrem kleinen, billigen Kasten ja lassen – die Bilder gaben zwar nicht viel her, aber er hatte viel weniger Gewicht als die Konica. »Und deshalb weiß ich nicht, ob ich an dem Tag das richtige Motiv gefunden habe.«
»Na, wie denn auch, wenn du mit deinen Gedanken ganz woanders warst?«, neckte Sabrina sie.
»Ich – ich war nicht . . .«, stammelte Maya, der das Blut in die Wangen stieg. Sie dachte an Andi und seine Einladung. Natürlich hatte sie versucht so lässig wie möglich zu antworten, als Andi sie eingeladen hatte, und hatte »sicher« gesagt, als ob sie sich schon wer weiß wie oft verabredet hätte. Aber Sabrina hatte Recht – für den Rest des Tages war ihre Konzentration dahin gewesen. Ja, sogar für den Rest der Woche.
»Oh, gut – keine allzu lange Schlange«, unterbrach Sonja, als sie abbogen und auf die Bushaltestelle zusteuerten – zum Enigma, dem neuen Nachtklub.
Doch jetzt hämmerte Mayas Herz nicht wegen ihres bevorstehenden Dates, sondern bei dem Gedanken einen Klub zu betreten. Plötzlich hatte sie das Gefühl, dass man auf Anhieb erkannte, dass sie erst sechzehn war; als wäre ihr Alter ihr auf die Stirn tätowiert, wo alle Welt – samt der Rausschmeißer des Enigma – es sehen konnte.

»Keine Panik«, sagte Sonja lächelnd, die instinktiv wusste, was Maya durch den Kopf ging. »Mädchen haben nie Probleme hier reinzukommen.«
Maya nickte, als sie sich in die kurze Schlange einreihten, und versuchte optimistisch zu sein. Aber ihr war nicht wohl dabei, sich in einen Klub zu schleichen, für den man eigentlich achtzehn sein musste, auch wenn Sabrina und Sonja so taten, als sei nichts weiter dabei. Hinzu kam, dass sie wusste, wie aufgebracht ihre Eltern sein würden, wenn sie davon erfuhren.
»Wie auch immer, vergesst Jungs, vergesst Eltern, vergesst Kitty, die alte Spielverderberin – vor uns liegt ein Abend, an den wir uns noch lange erinnern werden!«
Maya lachte über Sabrinas begeisterte Ansprache und versuchte lockerer zu werden. Wenn Sabrina und Sonja sich keine Sorgen machten, dann würde sie sich auch nicht mehr ins Bockshorn jagen lassen.
»Ja, Schätzchen, geh gleich rein . . . Tut mir Leid, Kumpel, keine Turnschuhe . . . Geh rein . . . Ja, geradeaus, Schätzchen . . .« Die Türsteher zu beiden Seiten des Eingangs winkten die wartenden Gäste durch.
»Gut, geradeaus durch . . .«, sagte der Türsteher auf der Seite der Mädchen und bedeutete Sabrina hineinzugehen.
»Warte mal, Schätzchen. Ich muss erst in deine Tasche sehen«, sagte der andere Türsteher und streckte den Arm aus, um Maya aufzuhalten.
»Bewegt euch, meine Damen. Blockiert bitte nicht die Tür!«, ertönte eine dröhnende männliche Stimme. Als Maya den Kopf hob, sah sie, dass Sonja und Sabrina weitergingen, dann rief Sonja: »Wir treffen uns drinnen!«

Schweißperlen traten auf Mayas Stirn und sie faltete ihre leicht zitternden Hände vor der Brust, als der Riese im Anzug in ihrer Tasche kramte.

Es wird alles gut, sagte sie sich, während zwei gelangweilte Disko-Püppchen in beinahe identischen rosaroten Kleidchen über sie kicherten. Es ist nur eine Sicherheitskontrolle – es hat nichts mit meinem Alter zu tun.

»Danke, Schätzchen«, grummelte der Türsteher, als er ihr die Tasche reichte.

Erleichtert wollte Maya die Tasche entgegennehmen – er ließ sie jedoch nicht los.

»Wie alt bist du, Kleine?«

Maya schaute zu dem zwei Meter hohen und einen Meter breiten Türstopper auf und kam sich auf einmal winzig klein und zerbrechlich vor.

»Achtzehn . . .«, flüsterte sie unsicher.

»Kannst du das beweisen, Schätzchen?«

»Äh, nein. Ich glaube nicht, dass ich meinen Ausweis dabeihabe . . .«

»Dann geht's leider nicht, Pardon.«

»Aber meine Freundinnen . . .«, protestierte sie schwach und zeigte auf den Eingang zum Klub.

Der Türsteher schüttelte nur wortlos den Kopf.

Was stand noch mal in meinem Horoskop?, dachte Maya, als sie kehrtmachte und deprimiert zur Straße trottete. Vor Enttäuschung und Scham brannten Tränen in ihren Augen. »Ein gemeinsamer Abend mit Freunden wird voller Überraschungen sein.« Na, das trifft den Nagel auf den Kopf.

15. Kapitel

Höhen und Tiefen

»Schau mal – sind das nicht Sabrina und Sonja, die da über die Straße rennen?«

»Hm, ja, sieht so aus«, pflichtete Mark seinem Freund bei und kniff die Augen zusammen, um die sich entfernenden Gestalten besser erkennen zu können. »Und es sieht so aus, als versuchten sie Maya einzuholen.«

»Was mögen sie vorhaben?«, fragte Chris verlegen, der wünschte, er könne den Abend mit den drei Mädchen verbringen statt die Verabredung zu viert zu absolvieren, die Mark arrangiert hatte.

Er hatte sich alle Mühe gegeben, sich dieser lästigen Pflicht zu entziehen. Nach den traumatischen Erlebnissen der vergangenen Woche war er eigentlich gar nicht in Stimmung, um zu feiern, aber Mark ließ kein Nein gelten. Er hatte Chris sogar gesagt, dass es ihm gut tun werde.

»Keine Ahnung«, erwiderte Mark achselzuckend, als sie sich der Nebenstraße näherten, die zum Enigma führte. »Sie hatten heute ihren Mädchenabend, oder? Von ihren Plänen haben sie nichts gesagt.«

»Na ja, wenigstens gehen sie nicht ins Enigma«, sagte Chris erleichtert. Er wäre nicht damit zurechtgekommen, wenn

Kitty mit angesehen hätte, wie verlegen und einsilbig er wurde, wenn er versuchte sich mit einer blöden Tussi zu unterhalten, die er kaum kannte.
Bei dem Gedanken an Kitty spähte er nach vorn, konnte jedoch keines der Mädchen mehr sehen – der Verkehr an der Kreuzung versperrte ihm die Sicht.
»Ja, das ist ein Vorteil. Wir wollen doch nicht, dass sie uns auslachen und unsere Chancen bei Alice und Stella durchkreuzen.«
Chris warf seinem Freund einen kurzen Blick zu. Mark war heute Abend offenbar auf Action eingestellt und schon der Gedanke ließ Chris' Herz vor Panik schneller schlagen. Ja, er hatte zwar weibliche Freundinnen, aber er hatte noch nie eine richtige Freundin gehabt. Oder aber eine Verabredung.
Wie soll ich es nur mit Mark und all seiner Erfahrung aufnehmen?, dachte Chris, als er um eine Ecke bog und der Enigma-Nachtklub vor ihm auftauchte.
Zwei Mädchen direkt am Eingang in auf gespenstische Weise identischen bonbonrosa Minikleidern winkten.
»Super – sie sind schon da.« Mark grinste und winkte den Mädchen ebenfalls in seiner unnachahmlich lässigen Art zu. »Übrigens habe ich ihnen erzählt, dass du ein arbeitsloser Musiker bist.«
»Wie bitte?«, platzte Chris heraus. »Wieso denn das?«
»Weil Alice schon achtzehn ist und am College studiert. Deine Chancen mit ihr zu knutschen sind größer, wenn sie nicht den siebzehnjährigen Schuljungen in dir sieht«, sagte Mark grinsend. »Und wenn sie nicht an dir interessiert ist, dann ist Stella auch nicht an mir interessiert. Kapiert?«

»Oh, toll! Also muss ich deinem Ego zuliebe den achtzehnjährigen Drummer mimen, der stempeln geht, ja?«
»Nein . . .« Mark schüttelte den Kopf. »Ich sagte, du wärst neunzehn.«
»Na, vielen Dank auch!«, zischte Chris, als sie sich den Hallo-Zwillingen näherten. »Und hast du nur vergessen, es mir zu sagen, oder hast du es dir bis jetzt aufgespart, damit ich nicht ausflippe und mich weigere mitzukommen?«
»So was in der Art«, zischte Mark durchtrieben lächelnd zurück. »Hallo, Mädels!«
»Hallo!«, trällerten Alice und Stella im Chor.

»Du . . .«, sagte Alice und bohrte mehrmals den Finger in Chris' Brust. Ihre durchdringend blauen Augen schienen Mühe zu haben ihn scharf zu sehen.
Chris wartete. Was wollte sie ihm sagen? Trotz der schummerigen Beleuchtung im Klub konnte er sehen, wie rot ihre Wangen von den vielen Gläsern Wodka mit Cola waren.
»Was ist?«, fragte er schließlich, als nichts kam. Der Finger allerdings stach immer noch auf ihn ein.
»Du . . . du bist komisch.«
»Ach ja?«
»Jawohl.«
»Wieso?«
»Weil . . . weil . . .«
Weil ich die Hände bei mir behalten und nicht versucht habe dich wild abzuknutschen, beendete Chris im Stillen den Satz.
Er hatte das Gefühl dies nicht viel länger ertragen zu können; sein Kopf war zu voll von weit wichtigeren Dingen als

der Frage, wie er mit dieser absurden Situation zurechtkommen sollte. Chris wandte den Blick von Alices betrunken-vorwurfsvollem Gesicht und schaute zur Tanzfläche, wo Mark und Stella zu einer langsamen, klagenden Celine-Dion-Nummer ihren ganz persönlichen Lambada aufs Parkett legten (Lippen und Hüften in ununterbrochenem Kontakt).

Nur weil ich finde, dass man eine Person einigermaßen kennen und mögen muss, um sie zu küssen – wenn ich deshalb komisch bin, meinetwegen, sagte Chris sich, während er beobachtete, welche Schau Mark abzog.

Nur weil meine Vorstellung von Romantik zufällig nicht aus ein paar Drinks und Gefummel auf der Tanzfläche besteht – na gut. Nur weil –

»Hey, du! Ich rede mit dir!«

Das Stechen wurde beharrlicher. Chris blickte wieder Alice an und stellte wie schon auf ihrer Geburtstagsparty fest, dass sie sich nach ein paar Drinks komplett verwandelte. Draußen vor dem Klub hatte sie noch ganz hübsch ausgesehen (nicht Chris' Typ, aber das war ja auch nur eine), doch jetzt hatte Alices weiches, rundes Gesicht sich zu einer Grimasse verzerrt.

Habe ich auch so ausgesehen, als ich trank?, fragte er sich. Unangenehme Erinnerungen an seine Sauftouren stiegen in ihm auf, als er beobachtete, wie sich das Mädchen, das vor ihm stand, zum Narren machte.

»Stimmt etwa irgendwas nicht mit dir?«, fragte Alice höhnisch.

»Zum Beispiel?«

»Stehst du nicht auf Mädchen oder so?«

»Doch! Doch, natürlich steh ich auf Mädchen!«, stammelte Chris, dem plötzlich klar wurde, dass Alice andeutete, er sei vielleicht schwul, nur weil er nicht auf sie abfuhr.
»Aber nicht auf mich?«
»Nein – darum geht's nicht. Ich –«
»Du hältst dich für was ganz Besonderes, wie?«
»Was?«
»Du bist ein arrogantes, großspuriges Schwein!«, stieß sie giftig hervor.
Chris starrte sie schweigend an. Er war völlig geplättet. Sie hätte ihm alle möglichen Adjektive an den Kopf werfen können: schüchtern, unbeholfen, introvertiert, sogar schwierig. Aber arrogant? Großspurig?
Bevor er weiter über ihre Seelenlage nachdenken konnte, musste er feststellen, dass Alice noch eine Überraschung für ihn auf Lager hatte . . .

16. Kapitel

Gib dich ganz natürlich

»Dieser pickelige Typ hinter dem Tresen starrte und starrte . . .«

»Na ja, es kommen wohl auch nicht oft derart aufgetakelte Mädchen ins Burger King, um den ganzen Freitagabend dort zu verbringen«, unterbrach Sonja, als Sabrina den anderen die Ereignisse des Abends schilderte.

»Mann, erzählt doch nicht ausgerechnet dann solche interessanten Geschichten, wenn ich zu viel zu tun habe, um mich zu euch zu setzen!«, beschwerte sich Ollie, als er vorbeikam, beladen mit Tellern, an denen die Überbleibsel des sonntäglichen Frühstücksbuffets klebten.

»Keine Sorge, Ollie«, rief Maya ihm nach und lächelte ironisch. »Sie lachen sich nur auf meine Kosten kaputt, mehr nicht.«

»Du Ärmste!«, sagte Kitty, die sich in ihre Lage hineinversetzte. Sie hatte sich auch schon mal in Klubs eingeschlichen, in denen eine strikte Altersgrenze von achtzehn Jahren galt, und war genauso nervös gewesen wie Maya. Zum Glück war sie jedoch nie erwischt worden. Noch nicht. »Du musst fast gestorben sein vor Scham!«

»Mmm.« Maya hob die Augenbrauen. »Ich wusste bloß

nicht, was ich mit mir anfangen sollte – und was würden Sonja und Sabrina denken, die drinnen auf mich warteten?«

»Wir standen kurz im Korridor«, nahm Sonja den Faden auf, »und dann, als keine Spur von Maya zu sehen war –«

»– streckte ich den Kopf nach draußen und fragte einen der Rausschmeißer, wohin sie verschwunden wäre«, fuhr Sabrina fort.

»Ich glaube nicht, dass ich schon jemals im Leben mal so froh war Sabrinas High Heels hinter mir klappern zu hören.« Maya lächelte.

»Oh, und du sahst aus wie eine kleine Waise, wie du in deinem Partykleid einsam und verzweifelt die Straße entlangtrippeltest, ohne zu wissen, wohin!« Sabrina schob die Unterlippe vor, um die Wirkung zu steigern.

»Und da haben wir entschieden, was soll's – Nervennahrung, wir kommen!«, fuhr Sonja fort, die daran zurückdachte, wie sie Maya in das Schnellrestaurant geschleift hatten, um den Rest des Abends zu essen, sie zu trösten und zu kichern.

»Wenigstens ist es ein kleiner Trost, dass euer Abend ein noch größerer Reinfall war!« Sabrina lachte schadenfroh.

Mark hatte nicht widerstehen können und den anderen alles brühwarm erzählt – vor allem über den letzten Teil des Abends.

»Ja, und ich kann's immer noch nicht fassen! Eine blöde Kuh schlägt unserem Chrissy ins Gesicht«, sagte Sonja und schlang schützend den Arm um ihn. »Wie konnte sie nur?«

»Er hat's verkraftet, oder, Chrissy?«, sagte Mark leutselig.

»Auf dem Heimweg haben wir schon darüber gelacht, nicht wahr?«
»Ach, haben wir das?«, erwiderte Chris flach. Obgleich es schon am Freitag passiert war, schockierte es ihn immer noch, dass Alice ihn zur Zielscheibe ihrer trunkenen Wut gemacht hatte. Wie erleichtert war er gewesen, als Stella herbeigeeilt kam und ihre schwer angesäuselte Freundin nach draußen schaffte, um sie mit dem Taxi nach Hause zu schicken.
Gestern war er allen aus dem Weg gegangen. Er konnte den Gedanken nicht ertragen, dass sie über den Zwischenfall lachen würden.
»Jedenfalls ist mir schleierhaft, wie du dich darüber amüsieren kannst«, sagte Sonja spitz zu Mark. »Vor allem angesichts der Tatsache, dass dir ebenfalls schon mal ein Mädchen eine geknallt hat.«
Sabrina stieß einen tonlosen Pfiff aus und schaute unschuldsvoll zur Decke empor.
»Ja, aber das ist schon lange her«, sagte Mark mit unbewegtem Gesicht. Mit ihrem Seitenhieb spielte Sonja auf die kurze Zeit an, als Sabrina und er zusammen gewesen waren, um sich dann im Streit zu trennen. »Außerdem war das nur Sabrinas Art mir zu zeigen, wie sehr sie mich mag!«
»Ach, du!«, stieß Sabrina hervor und gab ihm einen Klaps auf den Arm. Sie verbiss sich das Lachen.
»Schon gut, schon gut, Waffenstillstand!«, rief Maya, bevor es zur offenen Kriegserklärung kam. »Wichtig ist jetzt nur, dass ich mein Foto noch nicht im Kasten habe, also . . .«, sie holte die sperrige Kamera aus ihrer Tasche, ». . . brauche ich eure Hilfe!«

»Ach ja?« Mark tat so, als verstehe er nicht, fuhr sich jedoch mit den Fingern durchs Haar und wandte ihr seitlich das Gesicht zu. »Können wir irgendwas für dich tun?«

»Ja.« Maya nickte. »Aber die Katalogposen kannst du gleich wieder vergessen, Mark. Ich will, dass alle sich ganz normal weiterunterhalten, während ich um den Tisch herumgehe und euch spontan fotografiere.«

»Wie können die Fotos spontan sein, wenn du uns vorher sagst, dass du uns fotografieren willst?«, fragte Chris leicht panisch.

»Mir zuliebe, Chris, bitte«, sagte Maya. »Der Einsendeschluss für den Porträtwettbewerb ist schon am Wochenende!«

Chris nickte, während die anderen herumalberten und mit mehr oder weniger Erfolg versuchten die Unterhaltung fortzusetzen.

Zwanzig Minuten später spürte Maya, dass der Auslöser sich nicht mehr betätigen ließ – der Film war aufgebraucht.

»Das wär's!« Sie lächelte der Runde zu und nahm wieder neben Mark auf der roten Lederbank Platz.

»Na, vielen Dank, Frau Spielberg! Können wir jetzt gehen? Einige von uns haben noch andere Engagements!«, frotzelte Sonja und stieg über Chris hinweg, um aus der Nische zu entkommen. Chris wirkte ein wenig verlegen.

»Ich zum Beispiel«, sagte Sabrina und stand ebenfalls auf. »Mama und ich sind zum Mittagessen bei Sonjas Familie eingeladen, deshalb muss ich jetzt schon mal gehen und üben die liebreizende Tochter zu spielen!«

»Vergeude nicht deine Zeit, Sabrina.« Sonja grinste boshaft. »Nach all den Jahren kannst du meiner Familie ohnehin nichts mehr vormachen.«

»Ich bringe euch nach Hause, wenn ihr wollt«, bot Mark an und nahm seine Autoschlüssel vom Tisch. »Ich muss los, um meinen Papa noch zu erwischen, wenn er vom Golfplatz kommt. Ich brauche mein Taschengeld, bevor er später nach London abdüst.«

»Oooh, ist er nicht süß«, spottete Sabrina und tippte ihn unters Kinn. »Was bist du doch für ein liebender Sohn!«

Chris beobachtete die beiden und fragte sich erneut, ob sich wieder etwas zwischen ihnen anbahnte. Das würde vermutlich Ärger bedeuten – aber wer durfte sich wahrer Liebe in den Weg stellen . . .?

»Entschuldige, Chris«, sagte Kitty, die hinter Sonja aus der Nische rutschte. »Ich hab versprochen heute Nachmittag mit Lewis die Enten zu füttern.«

Chris stand auf und holte tief Luft, als Kitty sich an ihm vorbeischob. Sie duftete stets nach etwas Leichtem, Süßem. Wie nach Kokosnuss, dachte er, als ihn ein warmer Luftzug streifte.

»Damit wären nur noch wir beide übrig, Chris«, hörte er jemanden sagen, als die Tür des Cafés klimpernd ins Schloss fiel.

»Ja«, sagte er zu Maya, die sich ihm gegenüber an den Tisch gesetzt hatte.

»Ich hab gehört, was am letzten Wochenende bei deinem Papa passiert ist«, begann Maya. »Klang nicht besonders spaßig.«

»Das war's auch nicht.«

»Hast du schon mit deiner Mutter gesprochen . . . über das, was dein Papa gesagt hat?«

»Nein«, erwiderte Chris und spielte mit dem gläsernen Salzstreuer, der auf dem Tisch stand.

»Hast du ihr wenigstens von dem Baby erzählt?«
»Nein.«
»Das solltest du aber tun.« Maya lächelte ihn traurig an. »Glaub mir, man fühlt sich mies, wenn man lauter Geheimnisse hat.«
Chris starrte sie über den Tisch hinweg an. Er wollte sie gern nach ihren Sorgen, ihren Problemen fragen, war jedoch zu schüchtern dazu. Er wartete lieber, ob sie ihm von sich aus Infos geben wollte.
»Wir sind zwei vom selben Schlag, Chris.«
Chris starrte Maya an und fragte sich, wie dieses hübsche, ernsthafte Mädchen auf den Gedanken kommen konnte, dass sie einem Klotz wie ihm ähnlich war.
»Die anderen zeigen alle ganz offen ihre Gefühle«, erklärte sie. »Aber du und ich – wir versuchen zunächst immer erst mit uns selbst ins Reine zu kommen, nur manchmal funktioniert es eben nicht, oder?«
Sie hatte Recht. Die anderen – Ollie eingeschlossen, wenn er nicht gerade verliebt war – mussten ihm die Informationen immer aus der Nase ziehen. Aber ihre Vorschläge und Tipps machten alles stets erträglicher für ihn.
»Wie fühlst du dich jetzt?«, fragte sie ihn unverblümt.
»Abgesehen von der demütigenden Tatsache, dass mich ein Mädchen so abscheulich findet, dass sie mir eine gescheuert hat?«
»Ja, davon abgesehen.« Maya nickte lächelnd.
»Hm, so, als trüge ich eine Riesenlast auf den Schultern.«
»Ich auch.« Maya zuckte die Achseln. »Und ich hab keine Ahnung, wie ich mich von diesem Gefühl befreien kann. Momentan sehe ich kein Mittel, wie ich mein Verhältnis zu

meinen Eltern verbessern, sie zum Beispiel wie durch Zauber weniger streng machen könnte.«

Chris nickte. Er wusste, dass viele asiatische Eltern ziemlich streng zu ihren Kindern waren und ehrgeizige Pläne für sie schmiedeten; aber so ging es auch in etlichen anderen Familien zu. Einerseits hätte er gern gefragt, ob es in Mayas Fall ein kulturelles Problem war, aber andererseits war es ihm zu peinlich und kam ihm unverschämt vor, eine derartige Frage zu stellen.

»Du hingegen könntest versuchen ein klärendes Gespräch zu führen«, fuhr sie fort. »Wenn du mit deiner Mutter redest – selbst wenn sie dir unangenehme Dinge erzählt –, ist das besser als zu schweigen und deine Gefühle in deinem Innern aufzustauen.«

»Ja, ich weiß. Du hast Recht«, sagte Chris. »Ich versuche so bald wie möglich mit ihr zu reden.«

»Und du solltest den anderen sagen, dass du es nicht leiden kannst, Chrissy genannt zu werden. Sie ahnen vermutlich nichts davon. Aber es fällt dir doch so richtig auf den Wecker, oder?«

Chris sah sie erstaunt an. »Hast du schon mal daran gedacht, später Psychologin zu werden?«

»Ich glaube, das steht auf der Liste potenzieller Berufe, die meine Eltern für mich entworfen haben«, sagte Maya und lächelte ihn an.

Maya dachte immer noch über ihr Gespäch mit Chris nach, als ein lautes Krachen sie mit einem Ruck in die Wirklichkeit zurückholte. Als sie ihr Zimmer verließ, sah sie eine Trittleiter auf dem Treppenabsatz liegen. In der geöffneten Falltür zum Speicher hing mit dem Kopf nach unten ihre Schwester.

»Oje!«, sagte Sunny. Es sah lächerlich aus, wenn ihr glattes, kinnlanges Haar verkehrt herum herunterhing.

»Was ist passiert?«, fragte Maya und bückte sich, um die Leiter aufzuheben. Maya kam flüchtig der Gedanke, dass es lustig wäre, ihre Schwester eine Zeit lang dort oben schmachten zu lassen. Aber Sunny konnte genauso laut und nervtötend kreischen wie Thommy, sodass sie wohl nicht lange durchhalten würde.

»Ich wollte gerade runterkommen, aber dann hat die Leiter gewackelt, als ich draufstand . . .«

»Ja, aber was machst du denn überhaupt da oben?«

Maya erklomm die Leiter, während sie dies fragte. Sie war neugierig auf den Speicher.

»Ich hab ein paar alte Klamotten gesucht, die ich für das Theaterstück benutzen könnte. Mami sagt, hier wären jede Menge alter Sachen eingelagert.«

»Rutsch mal zur Seite«, sagte Maya zu ihrer Schwester und kletterte nach oben.

Sunny raffte das lange Kleid zusammen, das sie über ihre normalen Sachen angezogen hatte, und machte ihr Platz.

»All das hatte ich ganz vergessen«, sagte Maya und ließ den Blick über die alten Koffer und Pappkartons rings um sie schweifen. Plötzlich kam ihr der Gedanke, dass sie vielleicht hier ihr altes Fotoprojekt finden könnte. »Bist du bei deiner Suche zufällig auf meine alten Schulsachen gestoßen?«

»Kann sein . . .« Sunny zuckte die Achseln. »Zwischen den alten Fotos in der Kiste da drüben lagen Übungsbücher und Prüfungsklausuren.«

Maya ging zu der Kiste, auf die Sunny gezeigt hatte, und ließ sich im Schneidersitz auf dem Boden nieder.
»Lass dich von mir nicht aufhalten«, sagte sie, als sie Sunnys forschenden Blick bemerkte.
Sunny begriff, dass sie weggeschickt wurde, schüttelte den Kopf und glitt widerstrebend durch die Öffnung der Falltür. Der Stoff ihres Kleides raschelte.
So wie in der Korbtruhe in der Diele war hier ein buntes Durcheinander aus alten Papieren und Erinnerungsstücken zu finden, zum Beispiel einige Fotos von den Eltern ihrer Mutter – Grandpa Naseem und Nana Jean. Außerdem stieß Maya auf ein komplettes Fotoalbum der Familie ihres Vaters, das sie schon seit Jahren nicht mehr gesehen hatte.
Es war faszinierend, darin zu blättern; anders als Grandpa Naseem und Nana Jean, die regelmäßig zu Besuch kamen, hatte sie ihre Großeltern väterlicherseits nie zu Gesicht bekommen. Als sie ein Baby war, waren sie nach Kanada gegangen, um bei ihrem Onkel und seiner Familie zu leben.
Sie sahen sehr streng aus auf diesen Bildern, die mindestens zwanzig Jahre alt sein mussten, nach der Einrichtung und dem Anzug zu urteilen, den Grandpa Ravi trug.
Da ist Papa. Sie lächelte, als sie das Foto ihres Vaters als Student sah. Strahlend stand er oben auf einem Berg, den er gerade mit Freunden zusammen bestiegen hatte. Schade, dass er nicht öfter so entspannt und glücklich aussieht . . .
Sie fand noch mehrere andere Fotos von diesem attraktiven, unbekümmerten jungen Mann, den Welten von ihrem Papa zu trennen schienen, wie sie ihn heute kannte.
Und da sind er und Mama, sagte sie sich, als ihr Blick auf ein

leicht unscharfes Foto fiel, dem sie früher nie viel Beachtung geschenkt hatte.
Sie betrachtete den jungen Mann, der direkt in die Kamera blickte, und die verliebte junge Inderin, die zu ihm aufschaute. In dem Jungen, der zwar schlanker und fröhlicher war, erkannte sie immer noch ihren Vater. Das Mädchen aber war bei näherem Hinsehen – definitiv nicht ihre Mutter . . .

17. Kapitel

Ins Fettnäpfchen getreten

Maya, die ihre Schlüssel suchte, bevor sie zum Fotoklub aufbrach, hörte mit halbem Ohr auf das Gespräch, das in der Küche stattfand.

»Was ist das? Luftballons?«, hörte sie Rose fragen.

»Nein!«, sagte Benny empört. »Das sollen kleine Schweinchen sein – sieben Stück!«

»Sieben. Soso. Und wie kommst du ausgerechnet auf sieben Schweinchen?«

»Die waren auf der Ausstellung, die ich letzte Woche mit Maya und den anderen Leuten besucht habe. Wir . . .« Er brach ab. Vermutlich war ihm eingefallen, das er ja eigentlich nicht darüber sprechen durfte.

»Was war das für eine Ausstellung, Benny?«

»Es war ein Geheimnis. Ich durfte nichts davon verraten . . . nicht wahr, Maya?«

Benny schaute zu seiner Schwester auf, die erschrocken in der Küchentür stand.

»Oh, schau nur, wie spät es schon ist, Benny – gleich kommt deine Lieblingsserie. Geh nur und schalte den Fernseher ein.« Rose lächelte ihm zu, dann blickte sie Maya an und bedeutete ihr, sie solle sich an den Tisch setzen. »Also, wann hast du ihn in eine Ausstellung mitgenommen?«

»Das war letzten Mittwoch. Es war die große Landwirtschaftsschau außerhalb von Winstead«, erwiderte Maya, die auf ihrem Stuhl herumrutschte wie ein Kind, das man dabei ertappt hatte, wie es bei den Nachbarn Sturm geläutet hatte und dann weggerannt war.

»Und wieso ist es ein Geheimnis? Deine Mutter und dein Vater hätten nichts dagegen, wenn du ihn zu solchen Veranstaltungen mitnehmen willst!« Roses durchdringende grüne Augen forschten in Mayas Gesicht.

»Nein . . . aber sie hätten was dagegen, wenn sie wüssten, dass ich mit einem Klub dort war, in dem ich Mitglied geworden bin.«

»Ah, der Fotoklub in der Volkshochschule. Ja, Clarissa hat mir erzählt, dass sie dich dort gesehen hat. Und, macht es dir Spaß?«

Maya war verdutzt. Sie hatte damit gerechnet, dass Rose ihr eine Standpauke halten würde, doch stattdessen erkundigte sie sich freundlich nach ihrem neuen Hobby.

»J-ja . . . Ich glaube, es wird mir viel Freude machen«, erwiderte Maya vorsichtig. »Unser Lehrer hat uns alle dazu aufgefordert, an einem Fotowettbewerb teilzunehmen – der Veranstalter ist die Peacock-Galerie.«

»Ach wirklich? Na, das ist ja schön.« Rose nickte. »Ich freue mich, dass du dich entschlossen hast in den Klub einzutreten und dass es dir dort gefällt. Ich dachte mir schon, dass du es tun würdest – deshalb habe ich dir davon erzählt. Aber . . .«

Aha, ich bin noch nicht aus dem Schneider, dachte Maya gequält.

»Ich wollte nicht, dass du dir dadurch noch mehr Scherereien mit deinen Eltern einhandelst.«
»Rose, ich –«
»Lass mich erst mal aussprechen, Maya«, unterbrach Rose. »Wir reden vielleicht nicht darüber, aber wir haben eine Abmachung, ist es nicht so?«
»Ja, sicher«, murmelte Maya.
»Wie ich es sehe, brauchst du als junge Erwachsene mehr Freiheit, als deine Eltern dir zu geben bereit sind. Ist es nicht so?«
Maya nickte. Roses strenger Blick schüchterte sie ein.
»Und du weißt wiederum, dass ich Stillschweigen darüber bewahre, dass du dich fast jeden Tag mit deinen Freunden triffst und solche Aktivitäten wie den Fotoklub verfolgst, richtig?«
Maya nickte erneut.
»Es ist keine ideale Lösung, dass du und ich Geheimnisse vor deinen Eltern haben, Maya. Dein Papa und deine Mama sind im Grunde ihres Herzens liebe Menschen – deine kleinen Geheimnisse werden ihnen nicht weh tun und ich weiß, dass du ein vernünftiges Mädchen bist, das sich nicht herumtreibt.«
Ich wünschte, sie sähen es auch so, dachte Maya.
»Also, hier kommt das Problem, das ich mit der Sache habe: Du bist sechzehn und für deine Handlungen selbst verantwortlich. Aber du darfst nicht einen Siebenjährigen in ein Lügennetz verstricken!«
»Ich habe nicht von ihm verlangt zu lügen!«, protestierte Maya. Die Kritik ihrer Vertrauten ging ihr nahe. »Ich musste Benny zu dem Ausflug mitnehmen, weil ich an dem Nach-

mittag auf ihn aufpassen musste. Und ich dachte, es wäre besser, ihm zu sagen, es sei ein Geheimnis, um nicht zu riskieren, dass er über mich und den Fotoklub plaudert.«

»Maya, du kannst einen kleinen Jungen nicht solchem Druck aussetzen! Es ist falsch und unfair, ihn da hineinzuziehen!«

Was Rose da sagte, traf zu. Dennoch wusste Maya nicht, was sie sonst hätte tun können.

»Weißt du, ich finde, du solltest deinen Eltern von dem Klub erzählen anstatt immer tiefer in den Schlamassel zu geraten«, fuhr Rose fort.

»Aber nur du und ich wissen davon! Ich sage Benny einfach, er soll nicht darüber sprechen –«

»Maya, das hast du bereits getan und es ist ihm mir gegenüber herausgerutscht. Das wird ihm wieder passieren – er ist ein Kind!«

»Aber wenn ich es ihnen sage, werden sie stinksauer sein – weil ich sie hintergangen habe. Etwas so Frivoles gemacht habe . . . Sie werden mir verbieten dorthin zu gehen!«

»Nun, vielleicht ja, vielleicht nein.« Rose lächelte sie freundlich an. »Aber ich wüsste nicht, was dir jetzt noch anderes übrig bliebe. Und was soll denn werden, wenn du in dem Wettbewerb gut abschneidest? Über die Ausstellungen in der Galerie wird immer im Lokalblatt berichtet – was ist, wenn deine Eltern eines Tages die Zeitung aufschlagen und dein Name steht unter dem einen oder anderen Foto?«

»Ich werde keinen Preis kriegen. Ich hab doch gerade erst angefangen und es werden hunderte von Beiträgen eingereicht«, wandte Maya matt ein.

»Nun ja, die Entscheidung liegt bei dir, Maya. Ich will damit nur sagen, dass dir diese ganze Geheimniskrämerei vielleicht allmählich über den Kopf wächst . . .«

»Ich weiß«, sagte Maya traurig, bevor ihr Blick plötzlich auf die Uhr fiel. »Oh, Rose, ich muss mich beeilen – heute findet der Fotoklub statt und ich hab noch so viel zu tun, bevor ich am Samstag meinen Beitrag für den Wettbewerb einreichen kann.«

»Du bist aber doch vor deinen Eltern zurück?«

»Nein – ich hab ihnen schon gesagt, dass ich heute Abend unterwegs bin.«

Rose runzelte die Stirn.

»Und was hast du ihnen gesagt, wo du sein wirst?«

»Bei Sonja.« Maya verzog das Gesicht, da sie schon wieder bei einer Lüge ertappt wurde.

»Oh, Maya!«, schimpfte Rose.

Bevor ihre Schwester die Küche verlassen und sie beim Horchen in der Diele überraschen konnte, verzog sich Sunita leise ins Wohnzimmer . . .

»Hübsch. Sehr hübsch. Ja, das wäre das Foto, das ich auswählen würde.«

Alex spähte auf die winzigen Kontaktabzüge von Mayas letzten beiden Filmrollen. Wie sie vermutet hatte, waren ihre Schnappschnüsse von Passanten und Ferkeln auf der Landwirtschaftsschau nichts Weltbewegendes geworden, aber die Fotos, die sie am Sonntag im End gemacht hatte, waren recht gut gelungen.

»Die Komposition ist großartig und alle wirken entspannt, als ob sie die Kamera gar nicht bemerkt hätten. Was meinst du?«

Maya nahm das kleine Vergrößerungsglas von ihm entge-

gen und beugte sich über den Kontaktabzug, um sich den Schnappschuss anzusehen, den Alex umkringelt hatte.
Dort waren in Miniformat ihre Freunde zu sehen, alle um ihren Lieblingstisch im End versammelt. Da es sich um das 34. Foto einer 36er-Filmspule handelte, hatten zu diesem Zeitpunkt alle ihre Befangenheit abgeschüttelt und im Eifer des Gesprächs, dem Lärm und Gewusel des Cafés offenbar vergessen, dass Maya sie umkreiste und fotografierte.
Sie betrachtete die Gruppe: Mark und Sabrina hatten ihr den Rücken zugewandt, aber ihre Gesichter sah man im Halbprofil, da sie einander niederstarrten.
Vermutlich werfen sie sich Beleidigungen an den Kopf, wie üblich, dachte Maya.
Auf der anderen Seite des Tisches winkte Kitty. Zunächst nahm Maya an, dass sie ihr winkte, aber bei näherem Hinsehen ging ihr Blick an Mayas Kopf vorbei, vermutlich zu Ollie, der hektisch durchs Café eilte und sich um die Wünsche der sonntäglichen Frühstücksgäste kümmerte.
Neben Kitty saß Sonja, den Mund zum Reden geöffnet, und zu Sonjas Rechten Chris, der noch abwesender wirkte als sonst – was bei seinem Familienleben kein Wunder war. Oder vielleicht lag es auch daran, dass er über Sonjas Fähigkeit staunte, pausenlos zu reden, ohne Luft zu holen.
»Ja, du hast Recht«, pflichtete sie Alex bei. »Davon mache ich mir einen Abzug.«
»Drüben hat sich eine ziemlich lange Schlange gebildet.« Alex zeigte ihr die Namensliste, auf der sich alle für die Nutzung der Dunkelkammer eintrugen. »Stichwort Torschlusspanik. Kannst du heute Abend ein bisschen länger bleiben, um alles fertig zu machen?«

»Ja, kein Problem«, sagte Maya. Wie sie Rose erzählt hatte, dachten ihre Eltern, sie sei bei Sonja eingeladen. Und was sie Rose nicht erzählt hatte, war, dass sie später, nach dem Klub, noch ein Date mit Andi hatte.
Maya wusste nicht zu sagen, was heftiger pochte – ihr Herz, vor Aufregung, oder ihr Kopf von dem Stress all die Geheimnisse für sich zu behalten.

»Maya . . . Was für ein schöner Name. Was bedeutet er?«
»Hm, keine Ahnung«, erwiderte sie und kramte in ihrem Gedächtnis, ob ihre Mutter ihr noch etwas über ihren Namen erzählt hatte, außer dass eine Lieblingstante ihn getragen hatte.
Andi, der wahnsinnig attraktiv aussah, lächelte ihr über das karierte Tischtuch hinweg zu.
Werd bloß nicht verlegen, sagte Maya sich. Er ist nur ein Junge, so wie Chris und Ollie und Mark, und wenn ich mit denen rede, bin ich auch nicht gehemmt.
»Es macht dir doch nichts aus, dass wir nur Pizza essen?«, fragte er, bevor sie selbst ein Gesprächsthema anschneiden konnte. »Ich weiß nicht, wie's bei dir aussieht, aber ich bin ziemlich pleite – fünf Pfund für eine Pizza, mehr konnte ich mir nicht leisten. Wir hätten uns natürlich auch einen Burger holen können, aber das ist ja nicht besonders . . .«
Romantisch?, ergänzte Maya im Stillen, während sie sah, dass er leicht errötete.
»Nein, ist völlig in Ordnung, ich mag Pizza gern und hier war ich außerdem noch nie.« Sie lächelte ihm aufmunternd zu und schaute sich in dem Restaurant mit dem übertriebenen, aber gemütlichen italienischen Dekor um.

»Aber es ist nicht, was du gewöhnt bist.« Er erwiderte ihr Lächeln und wirkte schon wieder eine Spur selbstsicherer. Maya lachte, fragte sich jedoch, was um alles in der Welt er meinte.

Glaubt er etwa, dass ich nur in vornehme Restaurants gehe? Oder dass ich nie auswärts esse?

»Ich meine – und vielleicht bin ich ein wenig voreilig – ich würde gern irgendwann mal mit dir in ein indisches Restaurant gehen.« Er strahlte, als wolle er ihr ein dickes Kompliment machen. »Du musst doch praktisch alles über dieses tolle Essen wissen – ich bestelle immer dasselbe, jedes Mal Hähnchen tikka massala!«

»Na ja«, sagte Maya, die sich immer noch nicht sicher war, wohin das Gespräch steuerte, »wenn ich jemals in ein indisches Restaurant gehe, nehme ich immer ein Gemüse-Korma, ich mag nämlich heißes Essen nicht so gern.«

Andi lachte, als wäre das der tollste Gag, den er seit langem gehört hatte.

»Und zu Hause? Was esst ihr denn da so?«

»Was immer Rose, unsere Haushaltshilfe, für uns zubereitet«, erwiderte Maya, deren starres Lächeln allmählich verblasste.

»Ach so . . .« Jetzt wirkte Andi verwirrt. »Und . . . wie lange bist du schon hier?«

»In diesem Restaurant? Etwa zwanzig Minuten«, erwiderte sie mit unbewegtem Gesicht und verfiel in den sarkastischen Ton, den sie sonst Sunny gegenüber anschlug. Als sein Gesicht sich verdüsterte, fügte sie sanfter hinzu: »In Winstead lebe ich seit eineinhalb Jahren.«

»Und wo wurdest du geboren?«, fuhr er befangen fort.
»In London. Und du?« Maya wurde allmählich gereizt.
»Ich? Oh, ich bin eine echte Winstead-Pflanze, hier geboren und aufgewachsen. Total langweilig.«
Ganz genau, dachte Maya. Was fragt er wohl als Nächstes – ob er sich mal meine Sarong-Kollektion ansehen darf?
»Warst du irgendwann noch mal zu Besuch dort?«
»In London?«, fragte sie – ein bewusstes Missverständnis.
»Nein.« Er lachte nervös, da er ihre Gereiztheit spürte, aber nicht richtig einordnen konnte. »Ich meine, in Indien.«
»Nein – meine Eltern ziehen Skiurlaub vor«, erwiderte sie tonlos.
Maya verstand jetzt, was er tat: Er wollte sie in ein Klischee zwängen, ohne sie vorher überhaupt kennen zu lernen. Sie konnte sich beinahe mit seinen Augen sehen – eine exotische Hindu-Prinzessin mit einem angeborenen Sinn für das Mystische, dem Talent, Chapatis zuzubereiten, und einem Videoschrank, angefüllt mit Hollywood-Klassikern.
Aber ich bin überhaupt nichts davon!, wütete sie im Stillen. Ich bin ich, ich bin Britin, ich bin genauso wie alle meine Freunde. Ich mag die Musik aus den Charts, Ewan McGregor, sehe mir gern Disney-Videos mit meinem kleinen Bruder an und esse gern Erdbeereis, wie Nick es drüben im End serviert.
Wie kann er es nur wagen, mich in eine vorgefertigte Schublade zu stecken?
»Sie ziehen Skifahren vor? Wow, das ist ja toll!«, sagte Andi erstaunt.
Du magst ja unwahrscheinlich gut aussehen, dachte Maya

und starrte mit steinernem Gesicht den taktlosen Jungen an, der ihr gegenübersaß. Aber unwahrscheinlich blöd bist du auch.

18. Kapitel

Tiefer und tiefer

»Maya!«, sagte Sonja überrascht. »Ich hab heute Abend gar nicht mit dir gerechnet!«
Maya hob viel sagend die Augenbrauen und glitt neben Sonja und Kitty in die Nische.
»Ich dachte nur, ich mache auf dem Heimweg einen kurzen Abstecher für den Fall, dass ihr noch hier seid.«
»Die nächsten zehn Minuten schon – bis Nick uns rausschmeißt«, sagte Sonja und blickte überflüssigerweise auf die kaputte Wanduhr, deren Zeiger auf Zwölf stand. »Und was ist aus deinem Date geworden? Hat nicht gerade lange gedauert, oder?«
»Nein. So lustig war es nicht, deshalb bin ich früh gegangen. Ich habe Kopfschmerzen vorgeschützt.«
»Wieso? Was ist passiert?«, fragte Kitty besorgt. Sonja und sie hatten gerade noch ins Blaue hinein spekuliert, wie es Maya auf ihrer ersten Verbredung wohl erging, und ihr die Daumen gehalten. Damit, dass sie schon um zehn vor neun ins End spaziert kam, hatten sie am allerwenigsten gerechnet.
»Wieso? Wie wär's damit, dass er ein herablassender Schnösel ist?«, sagte Maya, erleichtert, dass sie nach ein-

stündigem qualvollem Gespräch mit Andi in angenehmer Gesellschaft war.

»Inwiefern denn? Hat er so getan, als ob du dumm wärst?«, fragte Sonja ungläubig. Keiner von ihren Bekannten war so gescheit wie Maya.

»Nein – er hatte bloß lauter Vorurteile, was mich betrifft. Er hat mich Dinge gefragt wie, was ich von arrangierten Ehen hielte, vom Buddhismus und so weiter . . .«

»Mann, ganz schön schwere Kost für eine erste Verabredung.« Sonja schüttelte sich.

»Und ob. Ich konnte es nicht fassen – als wäre ich der indische Kulturattaché in Winstead«, sagte Maya und zog die Nase kraus. »Was weiß ich schon von so was? Meine Eltern sind nicht religiös; ihre Heirat war nicht arrangiert – es ist ja nicht so, als wäre ich Expertin in diesen Fragen, oder?«

Während Kitty mitfühlend den Kopf schüttelte, warf Sonja einen forschenden Blick auf ihre Freundin.

»Aber warum ärgert es dich eigentlich so, dass er dir all diese Fragen gestellt hat, Maya?«, erkundigte sie sich. »Mir ist so was auch schon passiert. Nur weil meine Mutter Schwedin ist, stellen die Leute mir Fragen, als ob ich das Land in- und auswendig kennen würde. Und mindestens eine Million Jungs haben mir gegenüber schon Witze über schwedische Pornos gerissen.«

»Ja, aber das ist nicht das Gleiche – er hat sich einfach ein fertiges Bild von mir gemacht, darüber, wer und wie ich bin.«

»Jeder bildet sich über andere ein Urteil nach ihrem Äußeren«, wandte Sonja vernünftig ein. »Ob es nun richtig oder falsch oder gut oder schlecht ist, so sind die Menschen nun mal – sie suchen nach Anhaltspunkten für die Persönlichkeit eines Menschen in der Art, wie er sich kleidet oder seiner Haarfarbe – was auch immer.«

»Das stimmt.« Kitty nickte. »Nehmen wir zum Beispiel Sabrina: Wegen ihrer Art sich zu kleiden und so weiter halten Leute, die sie nicht kennen, sie oft für ... na ja, ein Flittchen, wo wir doch alle wissen ...«

Kitty brach ab, als sie die Gesichter der anderen Mädchen sah. »Schon gut, schon gut, vielleicht war Sabrina kein besonders glücklich gewähltes Beispiel.« Sie musste lachen.

»Maya, kannst du es wegen damals, als du an die St. Mark's übergewechselt bist, nicht ausstehen ein Etikett verpasst zu bekommen?«, fragte Sonja scharfsichtig. Ihr waren die rassistischen Sprüche eingefallen, die Maya von einigen idiotischen Tussis über sich hatte ergehen lassen müssen, als sie hierher kam.

Sabrina, die zwei Kurse mit Maya zusammen besucht hatte, erzählte Sonja und Kitty von den Problemen der Neuen und anschließend hatten sie sich die Zicken gemeinsam vorgeknöpft (Kitty stand etwas abseits, um rein moralischen Beistand zu leisten, während die beiden Übeltäterinnen von Sabrina und Sonja, dem furchtlosen Duo, zusammengestaucht wurden). Aus Mitgefühl hatten die drei Maya adoptiert, die noch keine Freunde hatte, und schlossen sie im Nu genauso ins Herz, wie diese sie lieb gewann. Jetzt waren sie unzertrennlich.

»Nein!«, sagte Maya heftig. »Es ist bloß – Ich meine, er hätte nicht –«

»Hör zu, du solltest noch mal in Ruhe darüber nachdenken, Maya«, unterbrach Sonja. »Sicher, du bist genauso wie wir.

Aber dank deiner Familie hat dein Leben noch einen ganz anderen Aspekt – das gilt für uns alle. Und ich finde, dass du ein bisschen zu hart zu diesem Andi warst. Er hat dich ja nicht beleidigt oder so.«

Maya gab keine Antwort, sondern senkte nur den Blick. Nach der Zurechtweisung durch Rose war dies schon ihre zweite Standpauke an diesem Tag, und auch die zweite, die sie widerwillig als zutreffend anerkennen musste.

»Hallo, ich bin zu Hause!«, rief Maya, schloss die Tür hinter sich und hängte ihre Jacke an die Garderobe.

»Hallo?«, sagte sie, schob die Tür zum Wohnzimmer auf und fragte sich, warum niemand antwortete.

Drei Augenpaare starrten sie an. Ihr Vater saß aufrecht in seinem Lehnsessel. Ihre Mutter hockte kerzengerade auf einem Stuhl am Schreibtisch. Thommy hatte sich auf ihren Schoß gekuschelt, war jedoch wach.

»Mama?«, sagte Maya, der es Angst machte, wie still sie waren.

»War es schön bei Sonja?«, fragte ihre Mutter schließlich.

»Ja . . .«, antwortete Maya, die immer noch auf der Türschwelle stand. Sie zögerte den Raum zu betreten.

»Und wie erklärst du es, dass du nicht da warst, als Sunny dich bei Sonja anrufen wollte, um dich um Hilfe bei ihrem Projekt für die Sommerschule zu bitten?«

»Na ja, wir sind ausgegangen, und –«

»Und als ich mit Sonjas Mutter gesprochen habe, sagte sie, dass du gar nicht vorhattest sie zu besuchen!«, fuhr ihre Mutter mit ihrer Anklage fort, bevor Maya die Chance hatte nachzudenken.

»Ich habe –«

»– es nicht für nötig gehalten, uns die Wahrheit zu sagen?«, warf ihr Vater ein und bedachte sie mit einem finsteren Blick. »So wie du uns nicht erzählt hast, dass du Benny auf einen Ausflug des Fotoklubs mitgenommen hast, dem du beigetreten bist – noch so eine Kleinigkeit, die dir offenbar entfallen ist?«

Rose hatte also Recht, dachte Maya von Panik erfüllt, während sie bemerkte, dass selbst Thommy zum Verräter geworden war – er starrte sie vom Schoß ihrer Mutter kühl an. Benny hatte das Geheimnis nicht für sich behalten können . . .

»Und woher ist das hier?«, fragte ihre Mutter und hielt eine grüne Plastiktüte hoch. Sie enthielt Chris' Kamera und die Mappe mit den alten Schulfotos, die sie endlich auf dem Speicher ausgegraben hatte, außerdem ihre Schnappschüsse von der Pyjamaparty bei Sonja – sowie das Bild aus dem Album von ihrem Vater und dem geheimnisvollen Mädchen.

Maya musste an den Spruch denken, dass aller guten Dinge drei sind – denn ihr stand die nächste Strafpredigt bevor, die dritte und dickste Standpauke des Tages.

19. Kapitel

Andere Geheimnisse und Vorleben

»Wer hat es euch erzählt?«, fragte Maya, die nicht glauben konnte, dass Rose ihr Vertrauen missbraucht hatte.
»Deine Schwester. Sie hat heute Nachmittag gehört, wie du mit Rose über diesen Foto-Quatsch gesprochen hast«, erwiderte Nina Joshi und verschränkte die Arme vor der Brust.
»Sunny! Wie kann sie nur –«
»Und ob sie es kann!«, brüllte ihr Papa. »Wir sind sehr froh, dass wenigstens eine unserer Töchter Verantwortungsbewusstsein zeigt! Ist dir eigentlich klar, wie ernst es ist, uns derart zu hintergehen? Und mit Rose werden wir auch ein Wörtchen reden müssen . . .«
Maya blinzelte heftig und versuchte ihre Wut hinunterzuschlucken. Ihr fiel sogleich ein Artikel ein, den sie in einer ihrer Zeitschriften gelesen hatte. Darin stand, dass es wichtig war, sich in Streitgesprächen mit den Eltern so vernünftig und erwachsen zu geben wie möglich: Fängst du an zu jammern und zu quengeln, bist du gleich bei ihnen unten durch.
»Es ist nicht Roses Schuld, was Sunny auch immer verstanden hat. Ich habe beschlossen in diesen Klub einzutreten und es tut mir Leid, dass ich es euch nicht gesagt habe, aber

ich dachte, dass ihr mir ohnehin nicht eure Zustimmung geben würdet«, sagte Maya ruhig, was angesichts des mühsam bezähmten Zorns ihrer Eltern schwierig war.

»Unsere Zustimmung? Selbstverständlich hätten wir dir die Zustimmung verweigert«, fuhr ihre Mutter auf. »Die Abschlussklasse liegt vor dir und das heißt, dass du mehr denn je lernen musst. Die Prüfung verlangt großen Einsatz von dir. Du verbringst ohnehin genug von deiner freien Zeit mit deinen Freunden.«

»Freie Zeit? Das klingt, als wäre ich im Gefängnis – bei guter Führung werden gewisse Vergünstigungen gewährt!«, fauchte Maya, ehe sie sich auf die Zunge beißen konnte.

»Werd nicht frech, Fräulein!«, schaltete sich ihr Vater ein. »Du weißt ganz genau, was wir meinen. Wir lassen dir sehr viel Freiheit –«

»Das stimmt doch gar nicht!«, protestierte Maya. »Ich lebe überhaupt nicht so wie meine Freunde; ich kann nicht einfach so spontan ins Kino gehen – ich muss erst immer fragen, ob ihr einverstanden seid. Ich kann mir nicht plötzlich überlegen zu Sonja zu gehen, um mit ihr zu plaudern – ich muss es zwei Wochen im Voraus beantragen!«

»Du bist zu anspruchsvoll!«, erwiderte ihre Mutter. »Wir versuchen nur ein angemessenes Gleichgewicht zwischen Arbeit und Freizeit herzustellen.«

»Es ist aber kein angemessenes Gleichgewicht!«, gab Maya zurück und versuchte ihre Gefühle unter Kontrolle zu bekommen.

»Das haben ja wohl wir zu entscheiden!«, brüllte ihr Vater.

»Papa – das ist ja genau der Punkt! Du und Mama habt es

eben nicht zu entscheiden – schließlich habe ich auch einen Verstand und eine eigene Meinung!«

»Sei nicht albern. Du bist immer noch ein Kind und –«

»Seht mich an! Ich bin kein Kind mehr! Und selbst wenn es so wäre, sollten bestimmte Entscheidungen trotzdem mir überlassen bleiben, zum Beispiel welchen Hobbys ich nachgehen will . . .«

»Aber wenn es um Dinge geht, die letztlich deine Arbeit in der Abschlussklasse beeinflussen, was sich wiederum negativ auf deine zukünftige Karriere auswirken könnte –«

»Papa, das ist ja genau der Grund, warum ich es euch nicht gesagt habe. Ihr bildet euch ein Urteil über die Dinge, ohne mit mir darüber zu diskutieren. Ich meine, natürlich wollt ihr in die wichtigsten Entscheidungen einbezogen werden, aber warum kann es nicht so sein, dass wir drei darüber reden statt dass ihr zwei einfach immer über meinen Kopf hinweg bestimmt?«

»Das sagst du so, aber wie sollen wir deinem Urteil trauen, wenn du uns in derlei Dingen belügst?«, entgegnete ihre Mutter ärgerlich und breitete die Fotos aus der Plastiktasche aus, als wären sie Indizien in einem Prozess gegen Maya.

Vor lauter Erschöpfung in diesem verbalen Kampf zwei gegen eine hielt Maya kurz inne. Als sie tief durchatmete, um sich wieder zu fangen, hörte sie, wie ihre Mutter erschrocken Luft holte.

»Was ist denn?«, fragte Sanjay Joshi, stand auf und ging rasch zu seiner Frau hinüber.

»Es ist – es ist nichts. Ich war nur überrascht«, murmelte sie und starrte auf die Fotos, die sie wahllos vor sich ausgebreitet hatte.

Maya trat ein paar Schritte weit ins Zimmer und versuchte zu sehen, was ihre Mutter so plötzlich abgelenkt hatte.
Es war das eselsohrige Foto mit ihrem Vater und dem geheimnisvollen Mädchen.
»Ich hab das hier nur schon lange nicht mehr gesehen. Ich wusste gar nicht, dass wir es noch haben . . .«, fuhr ihre Mutter leise fort.
Sanjay Joshi nahm das Foto und starrte es an.
»Wo hast du das her?«, fragte er Maya. Sein Zorn war verpufft.
»Vom Speicher – es lag in einem alten Album, das ich in einer Kiste gefunden habe«, erwiderte sie und bemerkte, dass ihr Vater tröstend die Schulter ihrer Mutter streichelte.
»Wer ist sie?«
Maya vibrierte förmlich vor Spannung, als sie auf seine Antwort wartete. Nach der Reaktion ihrer Eltern zu urteilen, war das Mädchen nicht nur eine Kommilitonin oder Freundin der Familie, die weiter keine große Rolle gespielt hatte.
»Sie war das Mädchen, mit dem meine Eltern mich verheiraten wollten«, sagte ihr Vater schlicht.

Als sie rings um den Küchentisch saßen, goss Maya allen noch eine Tasse Tee ein. Sie war seltsamerweise in Hochstimmung, trotz der bedrückten Gesichter ihrer Eltern.
». . . und ich war kaum die ideale künftige Schwiegertochter. Mein Vater war Moslem und meine Mutter weiß und protestantischen Glaubens«, sagte Nina Joshi und zuckte die Achseln. Ihr Mann hatte bereits berichtet, wie er sich der arrangierten Heirat widersetzt hatte.
»Meine Eltern schienen bis dahin sehr liberal und liebevoll«,

führte Mayas Vater aus. »Aber nachdem ich das von ihnen ausgesuchte nette Hindu-Mädchen abgewiesen hatte und ihnen anschließend von deiner Mutter erzählte, stellten sie mich vor die Wahl – die Familie . . . oder sie.«

»Also wusstest du schon, dass du Mama liebtest, als du diesem Mädchen vorgestellt wurdest?«, fragte Maya ihren Vater, der die Hemdsärmel aufgekrempelt hatte und ungewohnt zerzaust, aber auch entspannter aussah denn je.

»An diesem Punkt«, erwiderte er und schaute seiner Frau in die Augen, »trafen wir uns bereits heimlich, etwa seit . . .«

». . . seit zwei Jahren«, half ihm Nina Joshi lächelnd auf die Sprünge.

Sie hatten heimlich eine Beziehung?, dachte Maya. Und da machen sie sich Sorgen, weil ich hinter ihrem Rücken einem dummen Hobby nachgehe?

»Also ist das der Grund, warum du kaum Kontakt zum Rest deiner Familie hast?«, fragte Maya. Ein großer Teil ihrer Geschichte lag plötzlich offen auf dem Tisch.

»Ja.« Ihr Vater nickte. »Wir hatten eine Zeit lang ein sehr angespanntes Verhältnis, aber dann, als meine Eltern nach Kanada gingen, um in der Nähe deines Onkels zu sein . . .«

Maya hörte einer traurigen Geschichte um Intoleranz und Entfremdung zu – und war doch noch nie so glücklich gewesen. Ihre Eltern hatten noch nie so offen und freimütig zu ihr gesprochen; sie saßen da und erzählten ihr von den widrigen Umständen, unter denen sie ihre Beziehung begonnen hatten. Sie behandelten sie wie eine Erwachsene.

Jetzt gibt es kein Zurück mehr, dachte Maya freudestrahlend.

Zehn Minuten Fußweg entfernt in einem kleinen Reihenhaus jenseits des Parks saß Chris vor dem Fernseher und zappte mittels der Fernbedienung wahllos durch die Kanäle.
»Lass das doch bitte, Chris, Liebes«, sagte seine Mutter und blinzelte gestresst gegen die blitzschnell wechselnden Bilder.
»Entschuldige«, murmelte Chris, blieb bei einer Tierdokumentation stehen und warf die Fernbedienung neben sich aufs Sofa.
Susie Winter blinzelte erneut, als eine nichts ahnende Antilope, die die Landschaft betrachtet hatte, plötzlich von einer Löwin angegriffen wurde.
»Müssen wir uns das ansehen?«, fragte sie verstört und schloss ein Auge, um die Wirkung der unappetitlichen Bilder, die über den Bildschirm flimmerten, abzuschwächen.
»Pardon!«, sagte er sarkastisch, nahm die Fernbedienung wieder zur Hand und schaltete stattdessen eine geistlose Spielshow ein. Manchmal schien seine Mutter so naiv, dass es Chris vorkam, als sei er der Elternteil und sie das Kind. Und das konnte eine große Belastung sein.
»Chris«, sagte ihre Mutter nach kurzem Schweigen. »Stimmt etwas nicht? Du bist ein wenig . . . komisch, seit du bei deinem Papa warst . . .«
Chris biss die Zähne zusammen. Er wusste, dass dies der Moment war, um aktiv zu werden – wie Maya gesagt hatte, musste er reinen Tisch machen.
Los geht's, dachte er, drehte sich um und schaute seine Mutter an. Aus ihren Rehaugen sprach mütterliche Sorge.

»Ja, ich hab ein paar Fragen«, begann er, fürchtete sich vor der ersten Enthüllung, weil sie vielleicht in Tränen ausbrach, und erst recht vor dem Vorwurf, mit dem er sie anschließend konfrontieren wollte, worauf sie garantiert in Tränen ausbrechen würde.

»Oh, das arme Mädchen!«, stieß sie hervor und schlug die Hände zusammen.
Mit dieser Reaktion hatte Chris nicht gerechnet. Wieso war seine Mutter nicht am Boden zerstört bei dem Gedanken, dass sein Vater eine neue Familie gründen wollte?
»Verstehst du, Mama?«, hakte er nach für den Fall, dass ihr die tiefere Bedeutung entgangen war. »Sie wollten ein Baby.«
»Na, das war doch wohl nur eine Frage der Zeit«, erwiderte sie. »Barbara ist eine junge Frau; natürlich will sie ein eigenes Kind mit deinem Vater statt nur einen ausgewachsenen Stiefsohn wie dich!«
Sie macht Witze, dachte Chris und starrte seine Mutter verblüfft an. Wieso nimmt sie all das so seelenruhig auf?
»Aber da ist noch etwas, Mama«, fuhr er fort und fragte sich, wie sie wohl auf diesen Punkt reagieren würde.
»Ja, Schatz?« Sie lächelte ihm zu.
»Als wir uns unterhielten, sagte Papa . . . sagte Papa, dass er sich nicht als Einziger mit jemand anders getroffen hätte, als ihr noch zusammen wart.«
»Ach, das hat er dir erzählt?« Susie Winter nickte und ihre rundlichen Wangen röteten sich. »Und hat er dir auch erklärt, warum ich diesen Jemand ›getroffen‹ habe?«
»Hm, nein.« Chris war erneut überrascht, wie gefasst seine

Mutter war. Normalerweise regte sie sich immer so schnell auf.
»Nun ja.« Sie faltete die Hände im Schoß, als wolle sie ihm eine Gutenachtgeschichte erzählen. »Nachdem dein Vater mir von Barbara erzählt hatte, dauerte es noch mehrere Monate, bis er sich entschied, ob er uns verlassen oder sie aufgeben würde.«
»Das wusste ich nicht!«, unterbrach Chris. »Ich dachte, es wäre Knall auf Fall so gekommen!«
»Chris, du warst kaum dreizehn – ich wollte dich nicht mit sämtlichen hässlichen Details belasten«, sagte sie sachlich. »Jedenfalls, wie du dir sicher vorstellen kannst, war es eine schlimme Zeit für mich. Und zu dieser Zeit lernte ich einen Mann kennen, der mir zuhörte und mich tröstete, und ja, einmal bin ich weitergegangen. Ich hab's deinem Vater schließlich erzählt und er war furchtbar aufgebracht. An diesem Punkt beschloss er endgültig zu Barbara zu ziehen.«
»Aber das war nicht fair – er hatte kein Recht sauer auf dich zu sein, wenn er sich immer noch mit ihr traf!«, platzte Chris heraus.
»Nein, aber die Liebe ist eben nicht fair, Chris. Vielleicht findest du das eines Tages selbst heraus«, sagte seine Mutter sanft und warf ihm zugleich einen fragenden Blick zu.
Chris hatte seine Lektion bereits gelernt. Wäre die Liebe fair, dann wäre Kitty in ihn verliebt statt in seinen besten Freund.
»Aber wer war der Mann, mit dem du dich getroffen hast, und warum hast du mir all das nicht schon eher erzählt?«
»Ich hab's dir nicht erzählt, weil ich dich nicht gegen deinen Papa aufwiegeln wollte; unsere Trennung hatte nichts mit

dir zu tun.« Seine Mutter zuckte die Achseln. »Und trotz der Tatsache, dass du mich nur als die Frau siehst, die hier die Socken wäscht und das Essen kocht, habe ich doch ein Privatleben. Ich möchte jetzt eigentlich nicht über Dinge reden, die vor so langer Zeit geschehen sind.«

Chris war zutiefst schockiert. Plötzlich sah er seine Mutter in einem ganz neuen Licht, als hätte er sie in den vergangenen vier Jahren völlig missverstanden. Er hatte stets das Gefühl gehabt sie beschützen zu müssen – die zurückgewiesene, schlecht behandelte kleine Ehefrau, die von der Flucht ihres Gatten traumatisiert war. Und auf seinen Vater war er nicht nur wütend gewesen, weil dieser sie verlassen, sondern weil er die Verantwortung, sich um seine Mutter zu kümmern, unfairerweise Chris aufgebürdet hatte.

Als er sie jetzt ansah, erkannte er, dass seine Mutter viel stärker war, als er ihr zugetraut hatte. Ja, vermutlich war sie über die Trennung von seinem Vater viel schneller hinweggekommen als Chris selbst.

Ihm ging auf, dass er jetzt nicht mehr den Beschützer seiner Mutter würde spielen müssen. Und obgleich er sich seinem Vater nie besonders nahe gefühlt hatte, begriff Chris, dass er seine Energie nicht mehr damit zu verschwenden brauchte, ihn seiner Mutter zuliebe zu hassen.

Die Wirkung des Schocks schwächte sich ab und plötzlich fiel eine gewaltige Last von Chris' Schultern.

20. Kapitel

And the Winner Is . . .

»Nervös?«

Maya drehte sich um, als sie die Stimme hörte, und schaute in ein verlegenes Gesicht.

»Mir geht's bestens«, erwiderte sie und verkniff sich den Hinweis, dass sie bei mehr als hundert Einsendungen zum Wettbewerb des Peacock Trust, die vermutlich alle hundertmal professioneller waren als die ihre, nicht viel Sinn darin sah, nervös zu sein. »Und du?«

»Na ja . . .« Er lächelte.

»Für welches Foto hast du dich denn schließlich entschieden?«, fragte sie, da sie sich erinnerte, dass er ihr während ihrer nicht besonders gelungenen Verabredung am Mittwoch erzählt hatte, er schwanke zwischen dem Foto eines Freundes, der im Sprung einen Kopfball vollführte, und dem Schnappschuss eines Mädchens auf der Ausstellung, das sich gerade angeregt unterhielt.

»Ich hab das Mädchen genommen.« Er nickte, abgelenkt von dem Gewimmel der Zuschauer, die an das Podium an einem Ende in der weiträumigen Eingangshalle der Galerie traten.

»Sieht so aus, als wär's so weit – viel Glück euch allen!«, sagte Alex und beugte sich zu Maya, Clarissa und Andi, bevor er die Botschaft dem Rest des Fotoklubs gegenüber wiederholte, der sich um ihn geschart hatte.

Maya schaute in die große Halle und erkannte Sonja, Mark und die anderen, die alle zusammen im hinteren Teil des Raums standen. Sie lachte, als sie alle winkten und demonstrativ die Finger über Kreuz hielten.

Als sie sich wieder nach vorn wandte, fiel ihr Blick auf eine Gruppe, die sich durch die Schwingtüren in die Halle schob, und ihr Herz fing vor Stolz und Aufregung an schneller zu schlagen. Sie waren gekommen: Ihre Eltern, Sunny und Rose und vermutlich auch Benny, der zu klein war, um ihn im Gewühl zu sehen.

Seit dem großen Krach am Mittwoch lief alles besser zu Hause und es wurde nie wieder erwähnt, dass Maya den Klub aufgeben sollte. Aber sie hatte ihr Glück nicht herausfordern wollen, indem sie ihre Eltern bat heute in die Galerie zu kommen.

Also wer hat es ihnen erzählt?, fragte sie sich, als die Sprecherin der Galerie mit der Einführungsrede begann.

». . . und eine ausgezeichnete Auswahl von Porträts . . .«, hörte Maya, als ihr Verstand noch den verblüffenden Gedanken verarbeitete, dass ihre Eltern eigens gekommen waren, um sie zu unterstützen, sowie die Befangenheit, die sie empfand, als sie bemerkte, dass Andi noch neben ihr stand.

». . . sehr schwer, eine Wahl unter all diesen Talenten zu treffen . . .«

Was dachte er gerade?

Denkt er, dass er es sich am Mittwoch mit mir verdorben

hat? Oder hat er eine so dicke Haut, dass er gar nicht gemerkt hat, dass die Kopfschmerzen nur ein Vorwand waren, um die Verabredung abzukürzen?, fragte sie sich und klatschte mechanisch Beifall, als der Name des Gewinners des dritten Preises verkündet wurde.
Ihr Blick schweifte von dem frisch enthüllten Foto einer lächelnden alten Dame zu dem Jungen, der auf das Podium stieg, um Hände zu schütteln und seinen Preis in Empfang zu nehmen, ohne wirklich etwas wahrzunehmen.
Sonja hatte Recht – ich war überempfindlich, dachte Maya und warf einen verstohlenen Blick auf Andi. Er mag ja ungeschickte Fragen gestellt haben und vielleicht ist er auf Dauer auch gar nicht mein Typ, aber ich habe ihm kaum eine Chance gegeben . . .
Plötzlich bemerkte sie, dass Andi sie aus seinen hellblauen Augen anstarrte und strahlte. Ihr Magen vollführte einen Salto.
Hat er meine Gedanken gelesen?, dachte sie panisch, bevor sie hörte, was er sagte.
»Los, geh! Geh hinauf!« Andi lachte und gab ihr einen sanften Schubs.
»Was?«, fragte sie ihn und nahm wie von fern kreischenden Jubel und Hochrufe aus dem hinteren Teil der Halle wahr.
»Du hast den zweiten Preis gewonnen, Maya!«
Sie starrte ihn eine Sekunde lang an, bevor sie von den Leuten aus dem Klub auf die Bühne befördert wurde und plötzlich einen funkelnagelneuen Fotokoffer (schwer genug, um eine Kamera zu enthalten) in den Händen hielt.
»Gut gemacht!«, übertönte die Frau von der Galerie den lärmenden Applaus. Maya warf einen flüchtigen Blick auf

die Porträtaufnahme, die sie von ihren Freunden gemacht hatte, bevor sie wieder neben Andi stand, zitternd und wie gebannt vor Überraschung und von dem Blitzlicht des Fotografen, den das Lokalblatt entsandt hatte.

Wenigstens kann ich Chris' Papa jetzt seine Kamera wiedergeben, dachte sie noch. Ihre praktische Seite gewann die Oberhand.

». . . und aus reinem Zufall geht der erste Preis . . .«, hörte Maya die Frau sagen, als Alex ihr gratulierte und ein Raunen durch die Menge ging. Beifall brandete auf.

»Wow! Ja!! Gut gemacht, Andi!«, brüllte Alex, den Arm noch um Maya gelegt.

Sie sah zu, wie Andi nach vorn ging und seinen Siegespreis aus einer Kamera und Stativ in Empfang nahm. Wieder flammten Blitzlichter auf, die Andi und sein Porträt beleuchteten.

Das bin ja ich . . . Maya blieb fast das Herz stehen.

Es war tatsächlich Maya – verblüfft, aber wunderschön im Profil, wie sie zwei alte Männer betrachtete, die mit offenem Mund starrten, als sähen sie eine seltene, exotische Lotosblume vor sich.

»Maya!«, rief Andi und winkte sie zu sich. Erneut spürte Maya, wie ihre Klubkameraden sie auf die Bühne schoben.

»Das bin ich«, stieß sie hervor. »Auf der Ausstellung, als ich mit diesen Farmern sprach.«

»Genau.« Andi grinste, als der Fotograf ihnen zurief, sie sollten sich beide zu ihm umdrehen.

Maya spürte Andis Lippen an ihrer Wange, als der weiße Blitz sie blendete.

»Na ja, Rose hat uns erzählt, dass ihre Nichte ein Foto von Benny einreicht, wie er mit den Ferkeln spielt, deshalb mussten wir ja kommen.« Mayas Vater lächelte. »Wir müssen ihn suchen – ich glaube, deine Freunde haben ihn mitgenommen, um es ihm zu zeigen.«

Sonja, die bei Maya blieb, während diese vor ihrem Foto stand, Gratulationen entgegennahm und die Hände von Leuten schüttelte, die sie nicht kannte, drückte ihre Taille.

»Aber wir sind natürlich auch sehr stolz auf dich, weil du den zweiten Preis gewonnen hast«, fügte ihre Mutter hinzu, während die Gäste durch die Galerie schwärmten, um sich alle Einsendungen anzusehen, die ringsherum an den Wänden hingen. »Nicht wahr, Sunny?«

»Ja, Mami«, säuselte Sunny zuckersüß, bevor sie ihrer Schwester unaufrichtig zulächelte.

»Danke, Mama«, sagte Maya froh. Ihr war bewusst, dass die neue Haltung ihrer Eltern viel mit dem gewonnenen Preis zu tun hatte. Und dass Sunnys Erscheinen mehr mit Neugier zu tun hatte als mit dem Wunsch Maya ihre Unterstützung zu demonstrieren.

Aber wer wollte sich da schon beklagen?, dachte sie.

»Und was sagen Sie zu dem Foto von Maya, das den ersten Preis gewonnen hat, Frau Joshi?«, fragte Sonja, der es am Herzen lag, aus dem Erfolg ihrer Freundin so viel herauszuholen wie nur möglich.

»Ja – wir wollten es uns gerade näher ansehen, nicht wahr, Sanjay?«, sagte Nina Joshi zu ihrem Mann und blickte zu dem Ständer, an dem das Foto befestigt war. Daneben stand Andi, umringt von Freunden und Familie. Er lächelte Maya schüchtern zu und winkte.

»Was geht denn da ab?«, zischte Sonja.
»Keine Ahnung – dazu ist es noch zu früh«, zischte Maya zurück, da sie dachte, ihre Freundin spiele auf Andi an. Stattdessen starrte Sonja konzentriert auf Mayas Schwarzweißfoto.
»Sieht verdächtig nach Techtelmechtel aus – na ja, abgesehen von meiner Wenigkeit, wie ich zu meinem Leidwesen gestehen muss. Und Chrissy natürlich.«
»Wovon sprichst du?«, fragte Maya und beugte sich näher zu dem Foto.
»Nach ihrem verliebten Gesicht zu urteilen, winkt Kitty anscheinend ihrem Ritter in schimmernder Küchenschürze, der irgendwo herumtobt, wo man ihn nicht sieht.« Sonja zeigte auf sie. »Aber hier ist etwas viel Interessanteres – siehst du, wie Sabrina und Mark sich anschmachten? Es fängt doch nicht alles wieder von vorn an, oder?«
Bei näherem Hinsehen musste Maya zugeben, dass der Seitenblick, den ihre beiden Freunde tauschten, ausgesprochen sehnsüchtig wirkte.
Aber dieser Blick war nicht, was Maya am meisten zu schaffen machte: Jetzt, da sie ein zweites Mal hinsah, bemerkte sie, dass Chris nicht etwa Sonja betrachtete, wie sie zunächst angenommen hatte. Er schien an ihr vorbeizuschauen, mit dem seelenvollen, traurigen Ausdruck unerwiderter Liebe . . . zu Kitty.
Na ja, man sagt ja, Bilder lügen nicht, dachte Maya, der bewusst wurde, dass sie über eines von Chris' tiefsten, dunkelsten Geheimnissen gestolpert war . . .

Und natürlich geht es weiter mit der Clique aus Winstead ...

Sugar SECRETS

Sneak Preview

Geplatzte Träume

Sonja hatte schon vor einer ganzen Weile entschieden, dass es höchste Zeit für sie war, sich einen Freund zuzulegen. Seit Monaten war sie nicht ernsthaft verliebt gewesen. Die meisten ihrer Bekannten hätten ihr auf einer Skala von eins bis zehn in Sachen Attraktivität zehn Punkte gegeben. Mit Leichtigkeit. Sie hatte langes blondes Haar, durchdringende blaue Augen, eine Figur, die sich jedes Mädchen wünschen würde, und sie zog sich klasse an. Auf der Straße drehten sich sämtliche Köpfe nach ihr.

Bei näherem Nachdenken musste Sonja sich eingestehen, dass sie vermutlich zu wählerisch war – zu Recht. Sie hatte keineswegs die Absicht, sich den Erstbesten zu angeln. Den meisten Jungen, die sich kennen lernten und die sich Chancen bei ihr ausrechneten, erteilte sie, wenn auch höflich, eine Abfuhr.

Aber Sonja war auch kein schüchternes Mauerblümchen. Wenn sie jemanden sah, der ihr gefiel, kannte sie keine Skrupel, von sich aus auf ihn zuzugehen und ihn anzuspre-

chen. Dabei fiel sie nicht mit der Tür ins Haus, so wie Sabrina, sondern tastete erst diskret vor, ob der Junge außer einer netten Figur auch Köpfchen hatte. Sie hatte nämlich feste Vorstellungen von ihrem Traumtyp – einmal musste er natürlich attraktiv sein, aber wenn im Gespräch kein Funke übersprang, konnte man ihn gleich streichen. Sie hatte keine Verwendung für hübsche, aber oberflächliche Typen.
Das Dilemma mit Lennard war, dass sie ihn noch nicht richtig kennen gelernt hatte. Irgendwie würde sie einen Weg finden müssen, ihn im Geschäft oder draußen auf der Straße in ein Gespräch zu verwickeln. Sogar die superselbstbewusste Sonja empfand diese Aussicht als Herausforderung. Deswegen hatte sie den Plan entworfen, den sie noch heute in die Tat umsetzen würde.
Während sie mit ihrer knallroten Bürste ihr Haar traktierte, musterte Sonja sich von Kopf bis Fuß in dem Wandspiegel im Korridor. Gerade geschnittene Hose, flache Riemchensandalen, ein hellblaues T-Shirt, leicht sonnengebräunte Haut und kein Make-up außer einem Hauch Lipgloss – Sonja fand, dass das völlig ausreichte. Dicker trug sie eigentlich nie auf, da sie weder auf maskenhafte Schminke (der Grund für die Meinungsverschiedenheit mit Sabrina am Samstag) noch auf aufgedonnerte Klamotten stand.
»So muss es gehen«, murmelte sie, als sie sich ihre Tasche von der Anrichte schnappte und auf die Haustür zusteuerte.
An einem so sagenhaft schönen heißen Tag zum Einkaufszentrum von Winstead zu bummeln, gab ihr ungeheuren Auftrieb. Sie vergaß beinahe den Grund für ihren Ausflug, als sie die warme Luft einatmete und hörte, wie der Wind in den Bäumen raschelte. Da heute Sonntag war, herrschte

auf den Straßen weniger Verkehr als sonst und die wenigen Fahrzeuge, die vorbeifuhren, schienen sich passend zur entspannten Stimmung des Tages langsamer fortzubewegen.
Als Sonja das Plaza erreichte, ging sie gleich hinein, schlenderte zu dem neuen Sportgeschäft und warf im Vorbeigehen einen Blick ins Schaufenster. Da sie Lennard nicht entdecken konnte, ging sie weiter zu dem kleinen Café in der Mitte der Passage und bestellte einen Kaffee. Dann nahm sie Platz und brachte die nächsten zwanzig Minuten damit zu, die Passanten zu beobachten.
Gerade als sie entschied, dass es Zeit war, umzukehren und diesmal direkt in den Laden zu marschieren, kam Lennard vorbei. Wow! Sah der toll aus! Und – noch besser – er schien allein zu sein. Perfekt!
Bevor er sich zu weit entfernen konnte, sprang Sonja auf und jagte ihm nach.
»Tim! Tim! Warte doch!«, rief sie, während sie seiner rasch entschwindenden (und äußerst anziehenden) Rückenansicht folgte.
Es überraschte sie nicht, dass er sich nicht umdrehte. Sonja, jetzt unmittelbar hinter ihm, streckte die Hand aus und tippte ihn auf die Schulter.
»Tim?«, wiederholte sie. Er blieb stehen und drehte sich mit verwirrter Miene zu ihr um.
»Oh! Tut mir Leid!« Sonja lächelte gewinnend, dann schaute sie gespielt verlegen zu Boden. Als sie dann wieder den Kopf hob, fügte sie hinzu: »Ich hab dich mit jemandem verwechselt.«
Lennard wirkte eine Spur verblüfft, jedoch auch erfreut, als er sie näher in Augenschein nahm.

»Tut mir Leid, dass ich dich enttäuschen muss.« Er grinste und wurde leicht rot. »Ich könnte meinen Namen ändern lassen, falls das eine Hilfe wäre ...«
Sonja erwiderte sein Lächeln und dachte: So weit, so gut. »Ist schon in Ordnung – enttäuscht bin ich ganz und gar nicht.«
Jede andere hätte sich nach solch einem Spruch auf die Zunge gebissen - nicht so Sonja. Sie war selbstsicher genug, um ihn so zu bringen, als wäre sie nie im Leben aufrichtiger gewesen. Und Lennard schien nicht im Mindesten abgeschreckt. Sein Lächeln wurde strahlender, seine Röte vertiefte sich und seine Augen wurden immer größer, als er sie betrachtete. Wow, was für ein Superschuss!, schien er zu denken.
»Also... solltest du dich hier mit Tim treffen?«, fragte er, um die Unterhaltung nicht abreißen zu lassen.
»Oooh, nein, ich bin allein in die Stadt gegangen«, erklärte Sonja. »Tim ist der Freund einer Freundin, und du sahst von hinten nur so aus wie er.«
»Ach so.« Sie verstummten und sahen einander kurz an, dann sprach Lennard weiter. »Ich habe Mittagspause ... und wollte gerade einen Kaffee trinken gehen. Hast du Lust mitzukommen?»
»Ja, klar«, erwiderte Sonja und dachte: Jaaa, ich bin auf der richtigen Fährte!

Brigitte Blobel

Liebe, Lügen und Geheimnisse

Nina ist stocksauer, als ihre Eltern sie unter Hausarrest stellen, nur weil Patrick ihnen nicht passt und sie kein Vertrauen zu ihr haben. In diesem ersten Streit taucht urplötzlich eine fremde Frau auf:

Ninas Mutter – ihre *richtige* Mutter!

Für Nina bricht die Welt zusammen; sie hatte keine Ahnung, dass sie ein Adoptivkind ist. Ihr ganzes bisherige Leben – alles Lügen und Geheimnisse. Ninas Eltern behaupten zwar, sie hätten ihr aus Liebe nichts gesagt. Doch darf man aus Liebe die Wahrheit verschweigen?
Und: Wer ist sie wirklich? Wo gehört sie hin?
In Ninas Seele ist nur noch Chaos…

216 Seiten. Gebunden. Ab 13

Arena